ちーちゃん

誕生死・10日間の記録

石渡 広治
石渡 希

三省堂

装丁　和久井　昌幸
写真　石渡　広治・希
題字　石渡　広治

目次

夫・広治の日記…5

千愛・10日間の思い出

- 4/4・いつもの検診日
- 「ご主人お話が…」
- 「胎児水腫(たいじすいしゅ)」
- 4/9・こども医療センター入院
- 「心音が止まりました…」
- 4/10・立会出産、赤ちゃんと対面
- 「ありがとう、がんばったね」
- 4/11・千愛(ちあい)と命名
- 4/14・火葬

妻・希の日記…35

千愛・助けてあげられなくてごめんね

- 4/4・7ヶ月目の妊婦検診
- 「赤ちゃんの腹水がたまっている」
- 4/8・自宅で3人で過ごした最後の夜
- 4/9・こども医療センター入院
- 4/10・陣痛・出産・面会
- 5/1・母乳が出る
- 6/7・納骨の前日
- 6/8・納骨の夜「千愛のお家」で
- 11/6・こども医療センター慰霊式

千愛への手紙…109

千愛誕生
<small>ち　あい</small>

2003年4月10日14時22分

体重　954 g

身長　30 cm

神奈川県立こども医療センターにて

千愛は
この世に誕生することはなかったけれども
私たちの子どもとして
私のお腹に誕生した。
泣くことも息をすることもない人生だった。
でも私たち夫婦に
大切な宝物を残してくれた。
命の尊さと
今、生きていることの幸せを教えてくれた。
あんな小さい体で
精一杯の人生を生きた千愛に感謝したい。
私たちは千愛のパパとママで本当によかった。
私たちの子どもで生まれてくれてありがとう。

石渡（いしわたり）　広治（こうじ）
石渡（いしわたり）　希（のぞみ）

夫・広治の日記
千愛・10日間の思い出

●2003年4月4日

いつもとは違う朝のようだった。今日は大学病院での1ヶ月おきのいつもの診察。

今（4月9日）思うと、すべてがおかしかった。

父は「希(のぞみ)が家出する夢を見た」という。

祖母は「広治(こうじ)が生まれた時の夢を見た」という。

そして自分は希には言っていないが、すごくいやな気分がしていた。

その日、朝9時の診察。

9時30分になったら自分は先に仕事に行くと希に言ってあった。

希が診察室に入り、自分は待合室でテレビの時計を見て待っていた。

その間、何かありそうだな…そんな気がしていた。今思うと、本当に不思議な感じだ。

テレビの時計が9時8分を回ったあたりに看護師さんが来て「ご主人、先生が診察のあと、お話があるそうなんで、中にどうぞ」と言った。

やっぱりきたか…そんな感じがした。

中に入る前、5分くらい自分の中で「ダメかな…」、そんな思いがした。また一方では先生が「どこの病院にしますか？」と聞くのかとも思っていた。

そして中に入った瞬間、自分の目の中に、泣き乱れた希、先生が３、４人、看護師さんが３人飛び込んできた。
　まさか自分がこんな場面に出くわすなんて、少しも思っていなかった。
　おどろく間もなく先生の説明が始まった。
　自分は気分がどんどん悪くなっていき、血が引いていくのを感じていた。ついに一言「しゃがんでいいですか？」と聞いた。
　今思えば、この時の先生の話は全く耳に入っていない。つくづく自分は弱い人間だと思う。

　先生の話が終わり、希はすぐ入院。
　子どもの病名は「胎児水腫」と言われた。

「胎児水腫」
　この病名は一生忘れないと思うし、二度と聞きたくない。きわめてまれなケースだとかで先生はあわてていた。
　希はその時の担当医師の顔を忘れないと言っていた。もちろん自分も忘れることはない。

　その日、自分は希と２人で病院に行っていた。
　そして突然この状況となり、自分ひとりでは対応

できず、親に電話して「すぐ来て」と言った。
　変な話、「来て」という言葉の中に「助けて」という思いもあったと思う。
　次に希の父に連絡した。もちろん説明なんてできず、ただ「良くない状態」、それしか伝えることができなかった。

　先生からの説明を親と自分で聞き、少しずつこの状況が分かってきた。それでも先生の説明ははっきりしない。病気になった理由、これは４月９日現在でも分からない。

　「自分たちはどうなるんですか？」と何回聞いただろう。そのたび、はっきりしない答で不安がつのった。でも自分は「なんとか助かるだろう」そんな気が少しあったと思う。

　結局、また一から検査になった。希の腕に針を刺し血液の検査、そしてダウン症を調べる羊水検査をした。
　この時先生からダウン症の話を聞き、真剣に考えた。
「今ダウン症と分かっても産んで育てるしかない。」そう言われた時、「自分はどうすればいいんだ」そ

れしか思うことができなかった。そのすぐあと、今でも申しわけないと思うのが、希と自分で「ダウン症だったら育てる自信がない」と言ってしまったことだ。

　この言葉、この時の気持ち、本当に赤ちゃんに申しわけないと思っている。自分たちの子どもで、自分たちしか守ってやれないのに、本当にいやなことを言った。

　その羊水検査で、今度は「羊水が少ないから結果が出ないことがある」と言われ、「だったら検査する前に、ひとこと言え」と思った。この羊水検査の結果は、4月9日現在、まだ出ていない。
　ここから急遽(きゅうきょ)、自分が家に帰っている間に8日の日に「こども医療センターの方に移動」と言われた。今考えると大学病院が手放しただけであった。

　5日、6日、7日と家に帰って来て、夫婦で励(はげ)まし合いながらあっという間に8日の朝になり、自分の親と希と3人で、こども医療センターの方に行った。大学病院の話では、はっきりと「検査」と言っていたが、治療ができるとも言っていた。
　その言葉を聞いて、もちろん不安もあったが、大いに期待もしていたのが本当のところだ。

こども医療センターに来て、平吹(ひらぶき)先生に診(み)てもらった。
　覚悟はしていたが、やっぱりショックだった。
　赤ちゃんの頭の周りも、かなりむくんでいるようだ。先生は「きびしい」とハッキリ言っていた。今の段階では、治療のしようがないという。
　入院して毎日エコー（超音波(ちょうおんぱ)）を見て、それで考えていくという結果が出た。
　心臓の専門の先生も診てくれた。
「赤ちゃんはつらいけどがんばっている」
　この言葉を聞いた時、うれしいという気持ちと、かわいそうと思う気持ちが入り混じった。
　でも自分たちががんばらないと赤ちゃんがもっとかわいそう…そう思うことができた。
　希もそう思っていたと思う。

　この８日の日は診察で終わり、家に帰った。
　この日、希が診察室でエコーを見ている間、自分は母と２人で40分くらい待合室のイスに座(すわ)って待っていた。
　この時、もちろん希が一番つらい。また違ったつらさが自分にもあった。
　母と２人、言葉も少しかわすだけで、ひたすら待った。

この時、自分はまだまだ子どもなのかと思った。
　今回、希の親、そして自分の親に本当に力を貸してもらっている。自分たちだけでこの場を乗り切るのは、とうてい無理だろう。
　まわりの人の励ましの言葉、いてくれるだけの安心感。本当に家族の大切さも、痛いほど分かった。
　もっともっと、自分が強く、大人にならなければいけない。

　今回の希の妊娠は、本当に大きなものだ。
　自分で言うのもなんだが、自分の妻・希は本当にすごいと思う。会社の介護の仕事は、文句も人一倍言うが、その分しっかりやりとげようとする。責任感が強い。
　妊娠という介護の仕事をするには大きなリスクを背負ってでもがんばる。この姿勢は本当に素晴らしいと思った。自分に一番欠けているところを希は持っている。
　本当に心配してくれる職場の同僚もいる。この人たちを大切にしてもらいたい。

●4月9日

　こども医療センターに入院する日になった。

　このセンターの看護師さん、先生は本当に素晴らしい人たちだ。この病院は安心できる、すぐにそう思った。

　部屋が決まり、希と母と3人で行く。

　ナースの長谷川さんに簡単に説明してもらい、まず赤ちゃんの心音(しんおん)から…。

　なんとこの時、心音が聞こえず、希が不安になる。

　長谷川さんが「あとでまた」と言う。「聞こえないのは、私のやり方が悪い」と言って出ていった。

　自分も「まさか」と思った。

　まもなく長谷川さんがもどってきた。同時に、自分と親は病室を出て駅に向かった。

　駅で昼を食べ、待ち合わせていた希の母と落ち合う。5分くらいたって、自分の携帯が鳴った。

　センターからだとすぐに分かった。

　先生が「心音が止まりました」という。

　それを聞いて自分は意外と冷静で、まずほっとしたと同時に「赤ちゃん、よくがんばったな…」と思った。

　親2人はもちろん泣き、そのあとは電話のラッシュだった。

自分はすぐに、これからの方が大変だと分かっていた。
　急いでタクシーで病院へもどり、希と会う。
　希は激しく涙を流していた。
　親2人、希、そして自分の4人で涙を流した。
　希と赤ちゃんに「ありがとう、よくがんばった」と強く言いたかった。
　でも、次の瞬間、先生から説明が始まり、これからの方が大切だし、しかも大変だということを聞かされ、すぐに我に返った。
　本当にこれからが大変だ。
　お腹を切って赤ちゃんを取り出すのかと思ったが、それは最終のことで、ふつうにお産するという。
　それを聞いた時、本当にこんなつらいことがあっていいのかと思った。
　一番つらい希を目の前にして、自分が何もしてあげられない。これがこっちのつらいところだ。希のそばにいてあげることが一番いいと言われ、いられる限りいた。

　一晩センターに泊まり、希はその後、「じんつうそくしんざい（陣痛促進剤）」という早く陣痛が始まる薬を使って治療をした。
　その後、朝4時半まで希は寝ていた。

●4月10日

　朝5時前に陣痛(じんつう)が始まった。思ったより早くてよかった。

　希がトイレに立とうとした時、血が出て看護師さんを呼び、そのまま分娩室(ぶんべんしつ)へ移動になった。あとで破水(はすい)とわかった。

　分娩室に入ったのが6時。

　自分も中に入り、希のそばにいた。

　本当につらい。正直、自分もどうにかなりそうだった。

　ふつうならうれしい、楽しいことがこの後にあり、「がんばれ」という気持ちにも力が入る。

　自分の場合、希に声をかけても力が入ってない。

　これじゃいけないと思い、何回もがんばった。

　無痛分娩(むつうぶんべん)の注射が始まり、手術室に希が入った。

　小さい声で「がんばれ、がんばれ」。これしか言えない。

　20分後、希は部屋にもどってきた。

　希の状態は大きく変わり、会話もできなくなっていた。見ていてつらかった。

　自分はただイスにずっと座っていただけだが、見ているのももう限界と感じた。何回か外に出た。出

たり入ったりをくり返した。
　その間、希は何度も吐いたり、苦しんだりしていた。
　話によると麻酔が効きすぎていたらしい。これは、しょうがない。麻酔の先生にもよくしてもらい、本当に感謝するしかない。

　午後2時10分、自分が希のところにもどったと同時に、希はお産する部屋（分娩室）へ移った。看護師さんに「呼ぶまで廊下で少し待っててください」と言われ、ついにこの時が来たかと思っていると、今までたまっていた自分の涙が一気にあふれ出そうになった。
　必死にこらえた。
　看護師さんが「立ち会いますか」と聞いてきた。
　自分が希を励ましてやらないといけないけど、自分はいっぱいいっぱいになっていて、迷った。正直に看護師さんに「立会いの時、泣いてしまっても平気？」と聞いてしまった。けど、それほど必死だった。
　自分も力を入れて、立会いを決めた。
　中に入ると、希ががんばっていた。
　自分は希の手を強く握り、涙をこらえながら心の中で必死に「がんばれ」と何回も言った。

わずか12分で自分と希の赤ちゃんが生まれた。
正直、すごくうれしかった。
もちろん、赤ちゃんの泣く声を耳にすることはできなかったが、それでも自分と希の2人の子ども。それには違いがない。
立会い出産、本当に良かった。希はよくがんばった。
ありがとう。この言葉しかない。
立会いの途中の話は、自分だけが知っておきたいため、書くのはよそう。

・・・・・・

無事に出産が終わり、午後2時22分、死産だったが生まれた。よっぽど、うちは2という数字に縁があるらしい。
少したち、ナースの長谷川さんが「赤ちゃんに会いますか？」と言ってきてくれた。
もちろん即答で「はい！」。この二つ返事。

いよいよ赤ちゃんと対面。
もう一瞬で、泣いて赤ちゃんを抱っこした。
めちゃくちゃ可愛い。俺の子だ。本当に可愛い。
「ありがとう、がんばったね。」赤ちゃんに言った。

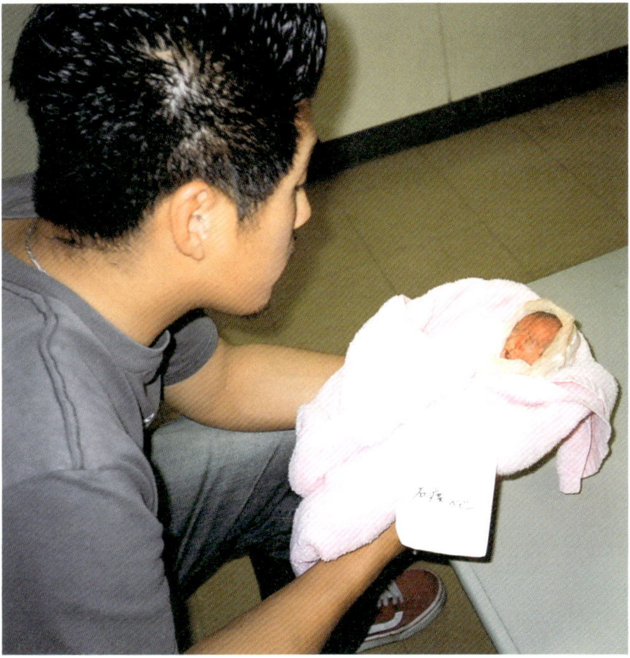

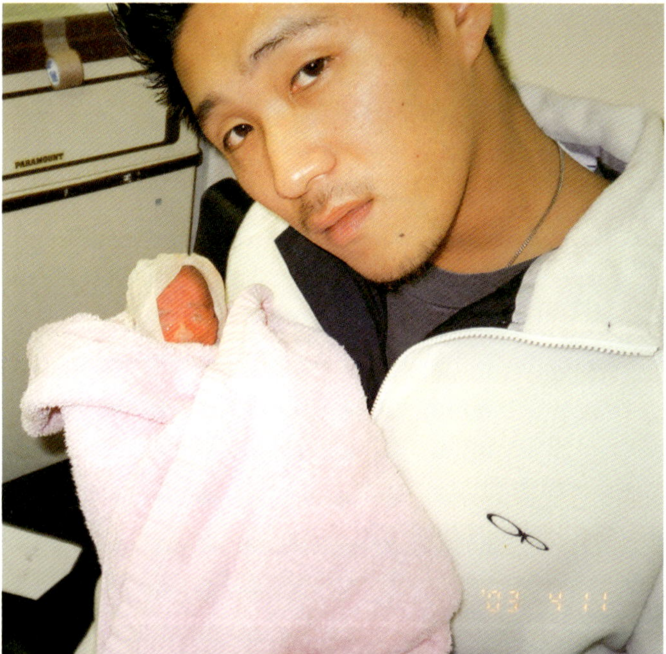
PARAMOUNT
'03 4 11

もちろん声も何もしない。全然動かない。目もあかない。
　次に「ごめんね。助けてあげられなくて。」
　ひたすら謝った。少なくとも親という気持ちが働いていたんだろう。もちろん今でも赤ちゃんの親だ。

　長谷川さんが「希さんも会いたいって言ってます」と言いにきた。
　うれしかった。本当にうれしかった。
　赤ちゃんと自分と２人で、希のとこへ行った。
　希はまだ寝たままで顔も疲れきっていた。
　でもやはり母親だ。
　自分の子どもを見たとたん、一気に元気になった気がした。
　親子３人でゆっくり話をした。
　この瞬間は、やはり最高だった。
　不思議だと他の人は思うだろう。これはどんな形であろうとも、出産というのは素晴らしいということだ。
　希も一気に強く母親という気持ちになったと思う。

　また赤ちゃんを長谷川さんに預けて、自分も希といったん別れ、別の部屋に行った。そして、自分はすぐに、これから先のことを考えた。

赤ちゃんが生まれたばかりで、赤ちゃんの火葬のことを考えなければいけなかった。すごく不思議な気持ちだ。
　でも、淡々と先のことを決めていく自分にもおどろいている。
　何だろう、これは。
　赤ちゃんが死んでしまっていても、家族という強い絆(きずな)。いつも赤ちゃんと一緒にいるような気がする。
　けど突然悲しくなり、どうしようもなくつらい時もある。
　これは他の人には絶対にわからないし、やはり、こういう悲しいことはこれから先減っていけばいいと自分は思う。

●4月11日
　赤ちゃんの名前は「千愛(ちあい)」と名づけた。
　希と自分が赤ちゃんが生まれるまで「ちーちゃん」と呼んでいて、そこから千愛と名づけた。
「石渡千愛」33画という大吉数(だいきっすう)だ。
　本当に可愛い名前。
「千愛、千愛」何回も呼ぶ。
　また自分に本当によく似ている。これも最高にうれしい。

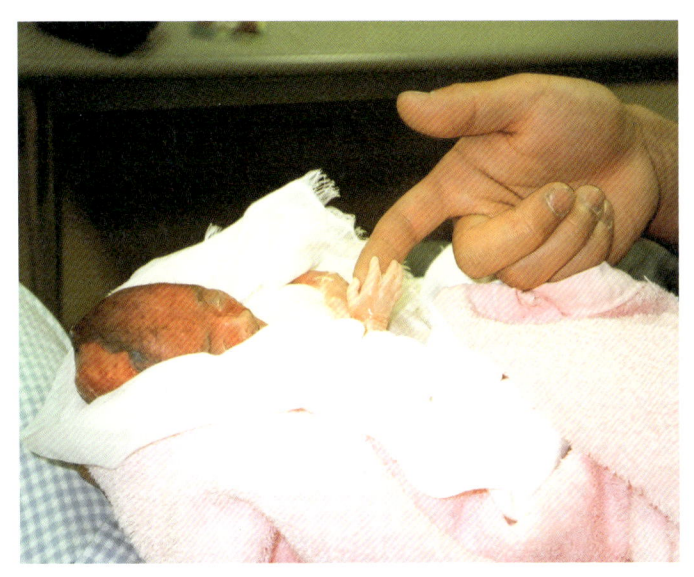

パパと握手。

位牌(いはい)の代わりにビーズで名前を作った。ハートの形に天使の羽。

●**4月12日**

　10日の日に生まれ、今日は12日、毎日会っている。写真も撮った。希と自分で代わる代わる抱いて撮り、セルフタイマーで3人一緒の写真も撮った。家族3人の大切な思い出。一生、大切にしたい。

　今、自分は希のことがすごく心配だ。
　これから家に帰ってきて、どのように自分が希を支えていけばいいのか少し不安もある。
　希は自分自身に責任を感じて、離婚する覚悟はあると言った。自分はすごくショックだった。
　希の気持ちも分からなくもないが、自分は希のことが一番大切だし、千愛もかわいそうだ。
　早く希に立ち直ってもらいたい。いい方向に考えてくれるように、自分も希とがんばっていくつもりだ。
　ただ希には「私だけこんな思いをしなくても…」そう思ってほしくない。
　今はしょうがない。希が一番つらいし、苦しい。
　けどこれから先、優しい人のこと、人の気持ちがもっと分かる人間になってもらいたい。
　もちろん自分も千愛のがんばりを無駄にすることなく、立派な人間になるつもりだ。

今回のことで自分はいろいろな見方が変わった。
これは千愛が教えてくれた。
　千愛の顔を見ると自分が優しい人間になれる。
　絶対に今はつらいが、千愛は自分と希の２人に、必ずいいものを残していってくれたはずだ。
　はっきり今は分からないが、必ず日がたつにつれて分かってくるだろう。

　いよいよ火葬（かそう）の日、14日が近づく。
　今は千愛に早く天国に行ってもらい、希のことを守って、ゆっくりと休んでほしい。それが今の自分の気持ちだ。
　明日13日は葬儀屋の人との打ち合わせ。
　明日はまた千愛に会える。楽しみだ。

●４月13日
　葬儀屋の人との打ち合わせ。話がどんどん進んでいく。
　早く火葬してあげたい。でもそうしたらやはり顔を見られなくなる、抱っこもできなくなる。そう思うと、やっぱりすごくさみしくなる。
　打ち合わせは進み、時間がはっきりと決まった。
　14日の午後１時30分。病院から出発。最後のお別れは午後２時と決まった。

やっぱり14日はつらい。

希の体も少しずつ回復していっている。でも気持ちは、すごく不安定だ。自分が支えていってやらないと。

考えてみれば、4日から明日14日まで、10日しかたっていない。

それなのに、なんかすごく不思議だ。

希はすごくつらいだろう。もちろん自分も家族もみんなつらいが…。この10日で希はどのくらいこの現実を受け止めているだろう。

たぶん体も精神面でも限界がきていると思う。

希には早く元気になってもらいたい。これから先は希の体の方が心配だ。

● 4月14日

火葬の日がついにきた。

今日もいつものように病院に行った。

希もきれいに服を着て、化粧もしていた。

希はこの日「恥ずかしくない服を着たい」と言っていたが、これも自分の子ども・千愛に対する母親としての気持ちだと思った。

お互いの家族・きょうだいがそろって、時間がどんどん近づいてくる。

先生にお礼を言うため、親が応接室の方で待つ。この日、先生は外来でとても忙しく、会って自分から直接お礼を言うことはできなかった。
　ナース室にお礼のお菓子を持っていったが、受け取ってもらえなかった。長谷川さんにも受け取ってもらえず。自分はお礼の仕方は他にないかと考えたが考えつかない。口でいくら「ありがとうございました」と言っても、それ以上の気持ちの時はどうすればいいのか考えていた。

　こうしているうちに時間がきてしまい、自分と希は千愛の服を着替えさせるために千愛がいる部屋に行った。この服は自分たちと同じような経験をしたお母さんたちがボランティアでつくってくれたものだ。
　千愛が着る服は、和人くんのお母さん（泉山典子さん）が作ってくれた手縫いの服だった。中にお母さんの手紙が入っていた。
「この服を着てくれた人は、和人と仲良く遊んでやってね」と書いてあった。

　千愛に希と2人で服を着せた。
　3人で過ごすのはこの時が最後だった。
　この服を着た千愛は和人くんと知り合い、仲良し

"小さい赤ちゃん"のためにお母さんたちが「天使のブティック」で手縫いしている服。千愛が着た服はピンクの水玉だった。

女の子と分かった日にうれしくて名前の話をしながらドライブした。
この1ヶ月後、同じ道が3人での最後のドライブになった。

になることだろう。
　服を着せたあと、自分は家族を呼びに行った。みんなで千愛との最後の面会だ。

　この時は本当につらかった。
　25年自分は生きているが、間違いなく、この時が一番つらかった。

　1時になり、病院の先生たちが、千愛に会いにきてくれた。

　この前に、千愛は棺(ひつぎ)に入った。いっぱい、おもちゃ、花、くつ、食べ物、いろいろと入れてあげた。
　この時、希はすでにガックリきていた。先生たちも一人ずつ千愛に花をあげてくれた。
　千愛はきっと喜んでいると思う。それに幸せだったと思う。
　すべてが終わり、千愛の棺にみんなでフタをした。
　やっと天国に向けて病院から千愛が出られる。そう思った。

　けど、自分はさびしかった。最初で最後の家族3人でのドライブ。それも火葬場に向けて…。
　でも千愛はみんなから愛されている。これから先

もずっと。できるだけ明るく見送ってあげたい。そう思いながら運転していた。

あっという間に火葬場につき、千愛は鉄の扉(とびら)の前に置かれ、みんなで見送った。
この瞬間「ありがとう、がんばったね。」また心の中でつぶやいていた。
同時に、これが自分の中でひとつの区切りになった。希もそう言っていた。

終わるまで別の部屋で待ち、呼ばれるのを待った。
何か信じられない…そう思っていた。
自分の子どものことで、今ここ（火葬場）にいることが本当に不思議だし、変な感じだった。

部屋に放送が入り、呼ばれた。
みんなで迎えに行き、自分と希の２人で確認しに行った。
千愛の骨しかなく、当然のことだが、何度も言うが、すごく不思議だった。

みんなのところに千愛の骨が運ばれてきた。
自分と希の２人で骨を壺(つぼ)に入れた。
できることなら、もう、一生、この場所には来た

火葬の翌日。祖父母がぬいぐるみ、お花を用意してくれた。

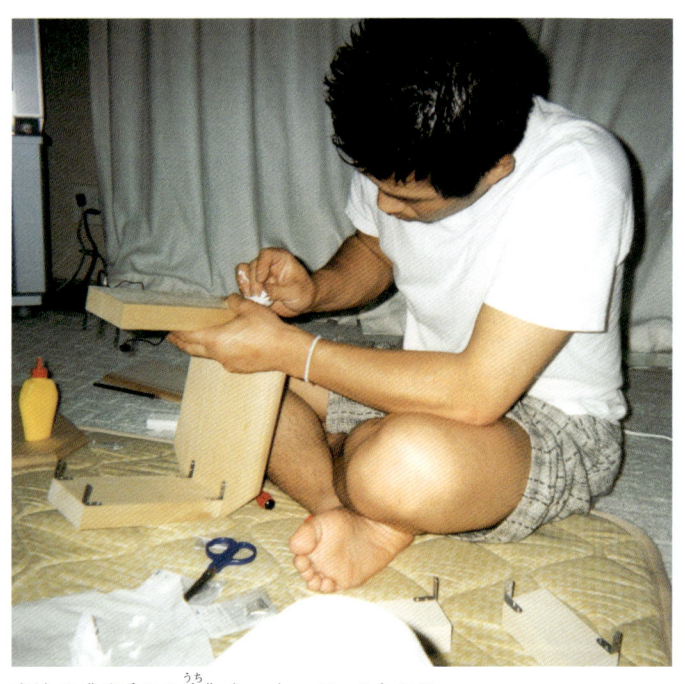

広治が〝千愛のお家(うち)〟をつくっているところ。

くない。そう思った。

　骨を壺に入れ終わった時、本当に千愛は天国に旅立っていった。
　良かった。不思議とほっとした。
　希もたぶん同じ気持ちだったと思う。
　千愛はこれで自分たちの家に帰ってくることができる。
　本当にここまで家族の支え、みんなの助けがなくては来れなかった。みんなに、ありがとうございました。本当に感謝しています。
　みんなでご飯を食べてから、解散となった。

●4月15日
　千愛がお骨になって家に帰ってきて、3人になった。
　今日は15日、すべてのことが4日から14日、この10日間に起こった。今でも理解しがたいが、今、千愛の周りにはたくさんの人形、ご飯、そして自分と希がいる。
　きっと楽しく安心していると思う。
　この間のことは一生忘れることなく、自分と希と千愛の大切な家族3人の思い出となるだろう。
　四十九日(しじゅうくにち)の日まで、千愛と3人でできるだけ思い

出を作ろうと思う。
　そして希、これからつらいけど、俺とがんばっていこう。
　千愛も天国から見ているし、どんな形でも家族は3人だ。
　本当にみんなに、ありがとうございました。

　そして千愛、大好きだよ。
　一生、俺の子どもだ。安心して休んでね。

15日 P.M.19：55
10日間の思い出。

妻・希の日記

千愛・助けてあげられなくて ごめんね

●ちーちゃん

　妊娠に気づいたのは、2002年11月9日。
　大学病院の初診で切迫流産（せっぱくりゅうざん）と診断される。ホルモン注射をして薬をもらい、2週間の安静（あんせい）の指示を受けた。ただただ安静にして、お腹の子の無事を祈るだけだった。
　11月20日頃よりだんだんとつわり（悪阻）が始まり、毎日トマトしか食べられない生活がつづいた。
　11月26日（妊娠2ヶ月目の最後の週）から「重症妊娠悪阻（おそ）」で入院することになった。1週間の入院中は絶飲（ぜついん）・絶食（ぜっしょく）の生活だった。
　エコー（超音波（ちょうおんぱ））でお腹の子を見せてもらうたびに安心したのを覚えている。ピクピク動いている心臓を見て、私もがんばろうと心に決めた。

　退院してからは、毎日嘔吐（おうと）のくり返しで、トイレにいる時間の方が長かった。こんなにつらいなら、死んだ方がマシだと何回思ったか分からない。
　このあたりから私はお腹の子に向かって「ちーちゃん」と話しかけていた。あんなに小さい体なのに、私の中でとても大きい存在の子という意味で。

　その後、つわりに悩まされたものの、4月4日の7ヶ月検診までは、ほぼ順調な妊婦（にんぷ）生活を送っていた。

妊娠6ヶ月目。女の子だと分かった日。この次の検診で異常があると言われる。

●**4月4日**

いつもと何も変わらないはずの妊婦検診(けんしん)。

ただ診察直前になって、広治が「今日はここ(待合室)にいる」と言いだした。一緒にエコーを見るのをいつも楽しみにしてたのに、「なによ！」って思ったのを覚えている。

診察室に入って先生の診察が始まった。足がむくんでいることを話したら、体重が増えすぎ！　と注意を受ける。胎動(たいどう)のことも話した。最近あんまり動かない…と。

「それは大丈夫…」と言ったとたん、先生の様子が変化した。エコーを見ている途中で手が止まり「腹水(ふくすい)が溜まっている…」とポツリと言った。

それから診察室の雰囲気(ふんいき)が変わってバタバタし始めた。

「教授を呼んで！」

先生が大声で看護師さんに叫んだ。何が起きているのか分からない状況の中、よくない状況だということだけがはっきり分かった。

看護師さんに連れられて、教授の診察室に移動した。看護師さんは「大丈夫(だいじょうぶ)だからね」と背中を支えてくれたが、大丈夫じゃないことは私にも分かった。「主人を呼んでください」と頼んだ。

教授の診察室に入ると、3人の先生と看護師さんが数人いた。どう見ても普通の状況ではなかった。5つある診察室の診察がすべてストップして、先生がみんな集まっていた。
　教授の部屋の最新の機械でエコーを見た。教授の診察でも腹水(ふくすい)・胸水(きょうすい)が溜(た)まっているとのこと。
　担当の先生は教授に対して「先月は何でもなかったんです」と必死で説明していた。

　広治が入ってきて、数人の先生から説明を受けていた。
　ちーちゃんは助からない…という思いが私の頭の中をいっぱいにした。
　診察が終わり、看護師さんに連れられてベッドのある部屋に移った。この看護師さんは義姉(あね)によく似ていて、毎回お世話になった人だった。
「赤ちゃんもがんばってるから、ちゃんと調べてもらおうね」と泣いている私に付き添ってくれた。

　緊急入院になり、記憶がとぎれとぎれになっていく。
　胎児(たいじ)の心拍(しんぱく)を聞く装置で、ちーちゃんの心拍を聞いた。ドッドッドッ…と元気な心臓の音が聞こえた。
　がんばれ！　がんばれ！　少しだが希望が見えた。

入院中の担当となる先生より現状の説明があった。
　病名は「胎児水腫」。
　原因が分からないので検査をしていくが、胎児の状態はかなり危険で、助けてあげられないかもしれない。染色体の異常であれば、ダウン症も考えられるので羊水の検査もしたいとのこと。
　午後にダウン症の検査をすることになった。
　先生に言われるままに検査の同意書にサインをする。この子が助かるなら、どんな検査でも受けようと思った。
　正直、ダウン症と言われた時、どうしたらいいのか分からなかった。広治も同じ気持ちだったようだ。2人で「育てる自信ないね…」と話した。あとで、ちーちゃんに対して失礼な発言だったと後悔した。

　羊水の検査は麻酔をしてお腹に直接針を刺して行う検査だった。ちーちゃんのため、私にできることは何でもしようと心に決めていたから我慢できたけど、並の痛さじゃなかった。
　針を刺してから、羊水が少なすぎて検査に必要な分も採れないことが分かった。教授をはじめ、先生が3人もいるのに！　針を刺す前にちゃんと調べてよ！　とイライラした。
　結局、生理食塩水を50cc足して羊水を採った。

それでもやっと9ccしか採れなかった。

　検査室を出ると両家の家族が来ていた。みんな心配そうにしていたが、安心させてあげられる結果が何もなかった。
　病名は、胎児水腫の他に「羊水過少症(ようすいかしょうしょう)」がプラスされた。

　担当の先生からこの日初めて「こども医療センター」の名前を聞いた。
　神奈川県でトップの設備を持っている病院で、胎児水腫の子もたくさん診(み)ている。その病院に行けば助かるかもしれないとの話だった。
　もちろん、すぐに転院の手続きをしてもらった。
　こども医療センターで助けてもらおう！　かなり前向きな気持ちでいた。
　転院が4月8日に決まり、大学病院ではもう何もできないとのことで、翌日退院することになった。

　退院してからの3日間は、夫婦2人で励(はげ)まし合いながら過ごした。
　ちーちゃんはがんばってくれる。絶対大丈夫。信じて疑わなかった。

●4月8日

　こども医療センター受診の日。8時30分に予約をとっていたため、広治と義母と3人で6時30分に家を出た。

　こども医療センターは自然の中にある大きな病院だった。桜がとてもきれいに咲いていた。

　お腹をさすりながら、「もう少しだから、がんばろうね」と話しかけた。きっと腹水もきれいに無くなっている、先生もビックリするはず…。

　根拠のない自信があった。

　母性外来で手続きをした。長谷川さんという看護師さんがていねいに説明をしてくれる。

　診察室で平吹先生の問診が始まった。この人がちーちゃんを助けてくれる人…？という感じだった。
「前の病院ではどんな説明を受けて来ましたか？」
「ここに来れば助けてもらえると聞いてきました」
と大学病院の先生に言われた通りに答えた。
「紹介状にも同じこと書いてあるね」と言われ、その時初めて、大学病院ではお手上げの状態だったんだと気づいた。

　2階のエコー室に移り、診察が始まった。

　エコー（超音波）の間、平吹先生は一言も口をきか

ずにいろいろな角度から、ちーちゃんを診てくれた。
「助かりますか？」
「ん…きびしいね…」
　その後、新生児科の先生がちーちゃんの心臓を診てくれた。もうすでに涙でいっぱいの私に先生は「ご主人呼ぶ？」と優しく声をかけてくれた。
　この病院でもダメなの？　何とかしてよ…という気持ちでいっぱいだった。自分の身に何が起ころうとしているのかが全く理解できずにいた。

　外来の診察室に広治と義母の３人で入り、平吹先生から説明を受けた。
・胎児の心臓はかなり疲れているが、一生懸命がんばっている。
・原因は何か分からない。一過性のものなら、このまま浮腫（むくみ）が引くこともある。
・今、お産をして胎児を外に出しての治療は考えていない。
・経過を観察してこれからの治療を考えましょう。
　とのことだった。

　とりあえず明日から入院になった。
「一過性の腹水」という言葉にすがった。入院して平吹先生に助けてもらおうと思った。

自宅にもどってから、いろんなことがよみがえってきた。どうしてうちの子がこんな思いをするんだろう…私の不注意だ…と涙が止まらなかった。
　先生の言った「赤ちゃんが一生懸命がんばっている」の言葉が耳から離れなかった。
　苦しんでいるちーちゃんを思うと「がんばって！」とはもう思えなかった。「もういいよ…」と言ってあげたい気持ちでいっぱいだった。
　あとはちーちゃんの生命力に任せよう。私たちの子だもん、大丈夫。そう思いながらベッドに入った。
　これが3人で自宅で過ごす最後の夜になるなんて、夢にも思わなかった。
　この夜、千愛は1回も動かなかった。

●4月9日
　10時までに入院手続きを済ませて2階の母性病棟（ぼせいびょうとう）に向かった。昨日の長谷川さんが入院中の担当ナースとのこと。応接室で諸々の手続きをして、212の4人部屋に入院となる。広治と義母（はは）が売店に行って、いろいろ買って来てくれた。

　長谷川さんが来て、体温などのバイタルチェックが始まる。最後に心拍音（しんぱくおん）のモニターを付けるという。
　長谷川さんがお腹に何回あてても、なかなかちー

ちゃんの心拍がとれない。
　イヤな予感…。
　長谷川さんは笑って「よくあるんですよ。隠れんぼしちゃってるだけよ」と言う。「少し時間をあけてからまた付けましょう」と言いながら部屋を出て行った。
　面会時間ではないので、広治と義母はいったん病院を出ることになった。駅で私の母と待ち合わせをしているから、そのあとまた来るねと言って帰った。
　２人が帰ってから、お腹をさわってみた。
　ちーちゃん疲れちゃった？
　エコー室に呼ばれるまでお腹をさわって過ごした。

　平吹先生からエコー室に呼び出しがあった。エコーを見た先生の第一声は「ご主人帰っちゃった？」
　その言葉ですべてを悟ったのに、私はあえて聞いてみた。
「止まっちゃいました？」
「うん…」
　涙が止まらずにフラフラしてきた。
「ご主人すぐ呼ぼうね」と言う平吹先生に「大丈夫です」と答えた。急いだら危ないし、なぜか私一人で大丈夫…って感じた。

応接室まで長谷川さんが付き添ってくれた。
広治に合わせる顔がなかった。ちーちゃんを助けてあげられなかった…私の責任だ。
私しか守ることができなかったのに…。この時はちーちゃんに対してよりも、広治に申しわけがないと思った。誰よりもちーちゃんの誕生を待ってた人なのに…私の責任だ。

30分くらい泣いたあと、1人で泣くのに限界を感じて、長谷川さんに「電話してもらえますか？」と頼んだ。
広治・義母(はは)・母の3人が到着するまで、ずいぶん時間がかかった気がする。
この間、長谷川さんは黙って私の涙に付き合ってくれた。心拍(しんぱく)がとれなかった時に、長谷川さんもこうなることは予想していたと思う。でも動揺(どうよう)を見せずに、笑顔でふるまってくれた彼女に心から感謝したい。

広治の顔を見たら、また涙が止まらなくなった。
広治の涙を見て、申しわけなくて申しわけなくて…。「ごめんね」と謝(あやま)る私を広治は何も言わずに抱きしめてくれた。とんでもないことをしたと思わずにはいられなかった。

平吹先生が応接室に入ってきて、3人に説明をしていた。
「帝王切開[ていおうせっかい]はできない…」とか言っていた気がするが、私にはもう、人の話を冷静に聞けるよゆうがなかった。
「お腹の赤ちゃんに会いますか？」と長谷川さんに聞かれて、両家の親はハッキリ「会いません」と答えたらしい。でも広治は絶対に会うと心に決めていたと後で話してくれた。

　すぐに長谷川さんが個室を用意してくれた。泣き疲れたけど横になっても眠れない。
　広治は仕事に行った。行く前に「早く帰ってくるからね…」と私の頭をなでてくれた。
　人前で泣ける私は楽なんだろうな…と思った。
　広治は車の中で泣くんだろうな。事故にあわなければいいなぁ…とボーッとする頭で思った。

　妊娠7ヶ月の子を助けてあげられないなんて、情[なさ]けない母親だ。
　私を殺せばよかったのに！
　神様はどうして私を連れていかなかったんだろう。なんでちーちゃんを連れていってしまうの？

眠れば全部元にもどってくれるかもしれない…と、ここに入院して何十回思ったか分からない。
　もしかしたら平吹先生の誤診で、ちーちゃんは生きているかもしれない…なんて頭の隅で思っていた。

　その日の夜7時から、ちーちゃんを出すための処置が始まった。おどろいたことに、こんな時間なのに処置をしてくれたのは平吹先生だった。
　ラミナリアという子宮口を広げるための棒を5本入れた。これも痛いなんて騒ぎじゃなく、気を失いそうだった。
　入れた後も痛くて痛くて…。ちーちゃんはもっと苦しかったんだよね…と思うとまた涙が出てきた。

　夜は病院の配慮で広治が泊まることができた。
　広治はちーちゃんの心拍が止まったという知らせを聞いて、ホッとしたと話してくれた。もう苦しまないでいいんだね…というパパの気持ちだったんだろうと思う。
　隣のベッドで横になりながら、広治はノートに何か書いていた。手元灯の灯りの中、必死に書いている姿が目に焼きついた。
　誰よりも、ちーちゃんを大事にしていた人だから、私のこと恨んでいるかもしれない…。

●**4月10日**

　4時30分、トイレに行く。隣のベッドでは広治がやっと眠ったようだ。トイレからもどると、腰が痛くて重くて、がまんできなくなってきた。

　5時、ナースコールを押す。湯(ゆ)たんぽでも借りたいと申し出る。看護師さんが来て、私のお腹に手をあてながらストップウオッチで測り始めた。

　もしかしたら、これが陣痛(じんつう)？
「もう少し様子をみましょう」と言って、部屋から出て行った。

　もう一度トイレに行きたくなってベッドから降りたとたん、出血した。心配そうにしている広治に「看護師さん呼んできて！」と言ったと思う。

　2人の看護師さんが来てくれて、車椅子で診察室に。この時も平吹先生だった。子宮口が3センチ開いているとのことで、そのまま分娩(ぶんべん)予備室に移った。

　ちーちゃんはママがさびしくないように、パパが泊まった日を選んで出てきてくれたんだね。

　ありがとう、パパがいてくれて心強いよ…と陣痛の中、ちーちゃんにお礼を言った。

　平吹先生の話では、お産まで2日〜7日みてください、とのことだった。先生も予想していない展開だったようだ。

ここからは私の仕事。母として何もできなかったちーちゃんを産んであげないと。そう思う反面、死んでしまった子を産むなんて、やりきれない虚しさがあった。
　いくらがんばってもちーちゃんは帰ってこない。情けなさがこみ上げてきた。

　腰の痛みが強くなってきて、看護師さんと広治が腰をさすってくれた。波のように押し寄せてくる痛みに疲れ、体力は限界だった。
　6時30分ごろ、平吹先生が来てくれた。「あと2時間くらいしたら麻酔科の先生が来てくれるから、そうしたら無痛分娩の準備をしようね…」と言っていた。
　最初からそうだが、平吹先生の冷静な対応をみると、大丈夫なんだな…と安心する。
　私の横では広治が腰をさすりながら、とてもつらそうな顔をしていた。初めて見る顔かもしれない。

　麻酔科の先生が来るまで、あっと言う間に感じた。
　すぐに手術室に運ばれ、背中に麻酔の注射をした。私は麻酔の効きが良すぎる体質のようで、手術室を出る時には下半身の感覚もなく、口もきける状態じゃなかった。
　おかげで午前中は陣痛の痛みをあまり感じること

なく過ごすことができた。ただ吐き気が異常だった。
　麻酔科の先生が来てくれて「プリンペラン」という吐き気止めを点滴に注入してくれたが、吐き気は止まらず吐きつづけた。苦しかったけど、ちーちゃんに比べれば…と思って乗り切った。

　波があって、落ちつくとウトウトできた。
　目が覚めるとすぐに吐き気…こんな状態のくり返しだった。
　だんだんとお腹が張ってくるのが分かった。
　平吹先生が来て「そんなに早くは生まれないから。早くて夜中かな…」と話したという。私は意識がもうろうとしていて何も覚えていない。

　昼前、「お母さんがみえてます」と看護師さんが呼びにきた。広治と昼ご飯を食べてきてもらう。
　私は午後2時までウトウトすることができた。

　目を覚ましたら、便をしたくなってナースコールを押した。看護師さんが来てその場で内診になった。「頭が下りてきている」と言われた。ちーちゃんは逆子だったはずなのに…と思いながらも、トイレに行きたくて仕方がない。
　もう一人別の助産師さんが来てまた内診…。

「すぐそこまで出てきてるじゃない！」と言われ、そのままベッドごと分娩室に移動になった。

看護師さんが「ご主人、廊下にいるからすぐ呼んで！」と外の看護師さんに叫んでいた。

私は「呼ばないでいいのに〜。来たってオロオロして広治の方が具合悪くなっちゃうよ〜」と思っていた。それに分娩中の苦しんでいる姿を見られたくなかった。

分娩台に上がると平吹先生が来てくれた。羊水だか腹水だかを採るとかで注射器を探していた。

あと10秒ノロノロしていたら「早くしてよ！」と私はどなっていたと思う。

何人くらいの人がまわりにいたのか覚えていないけど、みんなで呼吸法をしてくれた。握っている手が誰の手かも分からない状況だった。

「少しいきむと生まれちゃうね…」と助産師さんが言った。

ちーちゃんが死んでしまっているのも分かっているんだけど、私はこの時、もしかしたら泣いてくれるんじゃないか…と思っていた。というより泣いて欲しかった。

全部が夢であって欲しかった。広治も同じ気持ちでいたかもしれない。

ちーちゃんが生まれるまでは、あっという間だった。
　急に楽になって、ちーちゃんが生まれた。
　当然のことながら、ちーちゃんは泣かなかった…。

　広治が初めにちーちゃんに会って3人で面会した。
　可愛すぎてビックリ…。
　広治に似ていて、メチャメチャ可愛い！！
　口も眉毛も全部が全部、広治にそっくりだった。
　間違いなく広治と私の子だ。100人いても間違うことはないだろう…。
　眠っているかのようなわが子を見た時、改めて自分の身に起こっていることを実感した。
　世界で一番の大切な宝物を失ったんだ。
　こんな小さい子を私は守ることができなかったんだ…。涙が出た。
　でも悲しい気持ちだけではなかった気がする。
　やっとちーちゃんに会えた！　という喜びも確かにあった。これから家族3人で楽しい生活が始まるような気がした。

　先生の診断どおり、腹水が溜まっていた。
　お腹・頭のむくみを見て、心から「よくがんばったね…」「苦しかったよね…」と思えた。

54

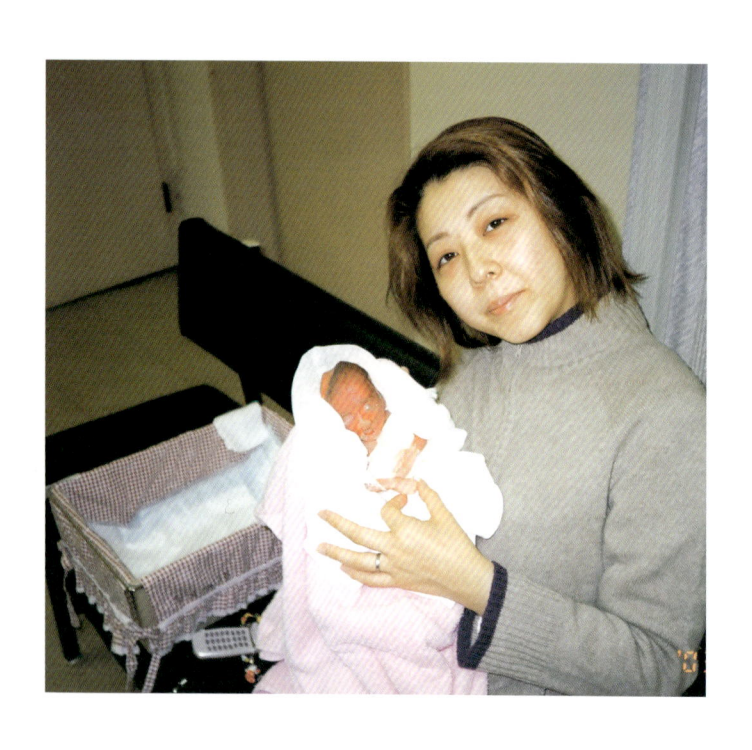

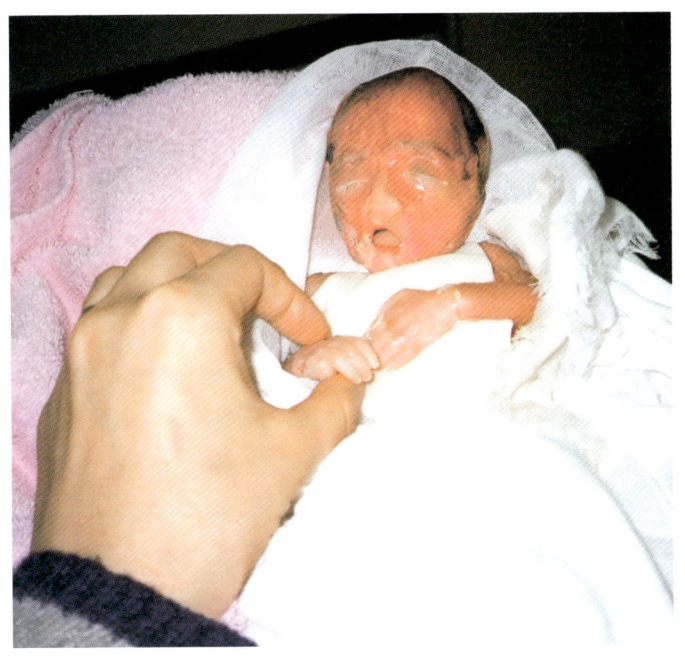

ママと握手。生まれて3日目。ガーゼに包まれた小さな手が、とても
とても可愛く感じた。

さすが広治の子だ。本当によくがんばった！
　いっぱいいっぱいなでてあげた。可愛いね…っていっぱい思った。

　長谷川さんが「穏やかな顔してるから、たぶんそんなに苦しまなかったと思うよ」と言ってくれた。その言葉にどれだけ救われたか分からない。
　ちーちゃんのことだけを考えれば、楽になってよかったんだよね。
　いつから苦しんでいたのか私には分からなかったけど、相当苦しんでがんばったはず…親の私が分かってあげないと。
　広治に「この子は私のこと恨んでるのかな…」と聞いた。広治は涙をいっぱいためながら、「そんなことないよ」とハッキリ言ってくれた。
　優しい人だと思った。

　出産後、分娩台で２、３時間過ごしたと思う。
　その間、血圧は上がるし吐くし、異常だった。真剣に天罰だと思った。
　ちーちゃんに会えた…。それだけで乗り切れたんだと思う。

　分娩室を出ると、広治と母が待っていてくれた。

そのうち身内が全員集まり、ちーちゃんに会いに行ってくれた。
おじいちゃん、おばあちゃんみんなに抱っこしてもらって、うれしかったんじゃないかな。
最後に口を「ぽか〜ん」とあけた。
義母(はは)が「ありがとうって言ってるよ」と言ってくれた。本当にそうだったら、私もうれしいな。

今日は1人になりたい気分だったので広治には帰ってもらった。

夜中、寝つけずにいると長谷川さんがマッサージをしてくれた。
長谷川さんはちーちゃんが生まれてすぐ、手形と足型をとってくれていた。私たちの大切な宝物だ。彼女には感謝してもしきれない。
ちーちゃんがこんな結果になったが、彼女に出会えたことは私の人生において大きなことになっていくんだろうなあ…と思った。これもちーちゃんが教えてくれたこと。長谷川さんにもちーちゃんにも感謝の気持ちでいっぱいだった。

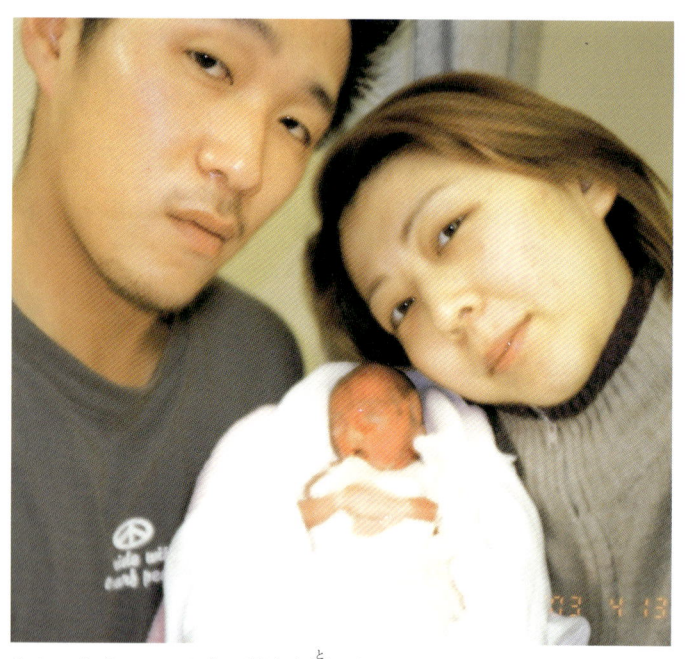

セルフタイマーで3人で写真を撮った。

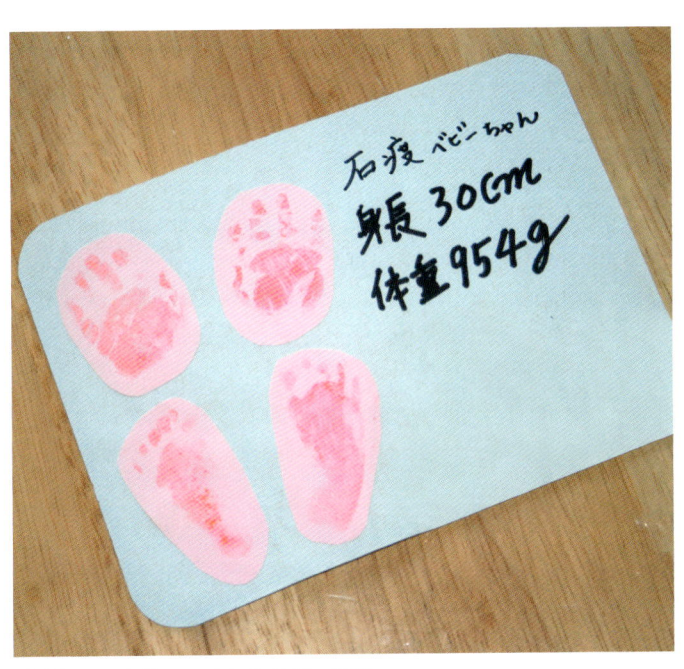

看護師さんが取ってくれた手形・足型

●4月11日

　生まれて2日目、名前を付けた。

「千愛（ちあい）」

　可愛い名前だ。戸籍には載らないけど、私たちは忘れない。私たちの大事な長女だから…。

　解剖を頼んだ。このまま何も分からずじゃ、千愛の死を無駄にする気がして。

●4月12日

　霊安室にいる千愛に毎日、面会に行っているが、千愛を抱けるのは明日で最後になる。

　抱っこして写真をいっぱい撮った。

　何回見ても可愛い。離れたくないと思った。

　この世にこんなに可愛い存在があるんだろうか…。

　千愛を育てたい。私が代わりになりたい。

　千愛と同じところに私も行きたい。

　出産後、今までなかった変化が私の体に現れ始めた。血圧上昇、むくみ…。

　千愛は私がこの病院に来たことを知って安心して眠ったのかもしれない。自分がお腹にいることで私の体に負担をかけていることが分かって、精一杯の力をふりしぼって、私をここの病院に連れてきたのかもしれない。

命をかけて私を連れてきてくれたんだね。
　あんな小さい体で私にいろんなことを教えてくれた千愛。私は千愛の母として、恥ずかしくない人生を歩まないといけないね。
　広治が私を許してくれるなら、私は千愛の分も広治を幸せにする。

　千愛は親孝行(おやこうこう)だと言った人がいるけど、私にはまだそこまで考えられない。ただ、千愛を救うことができなかった自分をこの先許せるのかな？と思うだけ。
　千愛を亡(な)くして、これから何を生きがいに生きていけばいいんだろう。

● 4月18日
　千愛を出産して1週間が過ぎた。その間に出棺、火葬(かそう)といろいろあって、あまり悩むひまもなかった気がする。
　入院中、血圧が上昇し、むくみも出て、歩くとフラフラする状態だったが、14日に火葬が終わって自宅にもどると血圧も正常にもどり、むくみも嘘のように引いた。
　火葬をして骨だけになった千愛を見て、少し区切りがついた気もした。

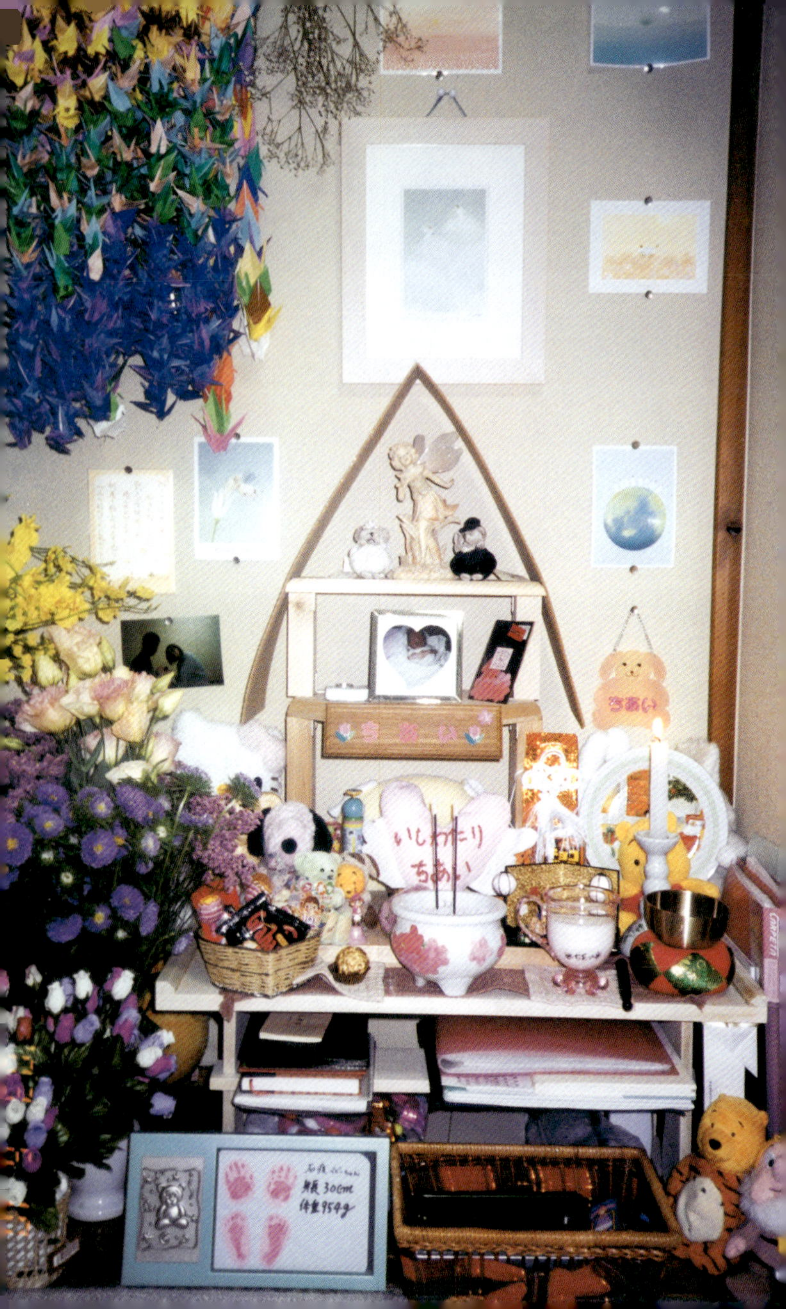
ちあい
ちあい
いしわたり
ちあい
身長30cm
体重954g

広治がつくった〝千愛のお家〟。千羽鶴は天国に羽ばたけるようにと2人で1羽ずつていねいに折った。

でも、時々、やりきれない気分にもなる。
　千愛が犠牲になって私を救ってくれた。私には何もできなかったのか。千愛の母親として失格だ。泣いて謝っても許されることじゃない。
　私の命とひきかえに千愛が助かったのであれば、私は自分の命くらい惜しくもない。

　広治はソファで2人で横になっている時「早くまん中にちーちゃん来るといいね」と言っていた。
　今、千愛がお腹にいなくなっても、その言葉が思い出されて苦しくなる。
　申しわけないなんて一言で片づく内容じゃない。
　私がもっと自分の体の変化に気づいていれば、広治も両家の親も苦しめずにすんだのに…。どうやってみんなにつぐなえばいいのか、分からない。
　仕事もゆっくり復帰しろとまわりは言う。私はもうもどれるのか分からない。
　千愛のことをゆっくり整理もできないのに…仕事なんて考えられない。
　頭がパンクしそうで、そのたびにイライラする。
　広治の一言にもイライラしたり悲しくなったりする。もう広治と暮らすのも限界かなと思う時がある。

広治を見ると千愛を思い出す。そうすると申しわけない気持ちでいっぱいになって、息をして生活している自分にイライラする。

千愛を救えなかったのに、ご飯を食べて、テレビを見て、ふつうに生活している自分が心底許せなくなる。

1人でいる時にでも、誰か私を殺しに来ればいいのに…と思う。そうすれば千愛の近くにも行けるし、広治も再婚でもして幸せになれる。

私のせいで孫(まご)を失った両家の親は今どんな思いなんだろう…。憎たらしいのかな。みんな千愛の誕生を待っていたからね。

今は何をしていいのかさっぱり分からない。何かしなよと広治に言われるたびにすごくプレッシャーになる。

千愛がちゃんと天国に羽ばたけるように、千羽鶴を折っている。今、私にできることはそのくらいだから…。千愛のために、何もできなくて、今さら千羽鶴なんて、千愛もあきれているかもしれないけど、せめてもの恩返しかな。

千愛のいない生活に、いつになったら慣れるだろう。

● 4月19日

　さとからメールが届く。

「千愛ちゃんはすぐそばで見守ってくれてるよ。つわりで苦しみながら千愛ちゃんがおなかにいて一緒に生きている間ずっと大切にしていた愛情は伝わってるよ。」

　千愛に私たちの愛情が伝わっているのか不安だったから、第三者のさとに言われてすごくうれしかった。

　千愛に会いたい。

　さびしくてさびしくてしかたない。

　千愛に会いたい。

　『誕生死』を読む。

　千愛を妊娠して、切迫流産(せっぱくりゅうざん)の診断を受けて、つわりで入院して…。7ヶ月間のことがすべてよみがえってきた。

・苦しくて吐いてばかりいて、トマトしか食べられなかったこと。
・胎動(たいどう)を初めて感じた日のこと。お風呂で胎動を感じて、1時間も次の胎動を待ったこと。
・水天宮(すいてんぐう)に腹帯(はらおび)をもらいに行ったこと。
・仕事場で泣いていると、よくトントンと千愛がお

腹を蹴って励ましてくれたこと。
・朝・夕のミーティングの時によくお腹の中で動いていたこと…。
・寒い日はお腹の千愛が暖めてくれて、「ちーちゃん、梅だよ、キレイだね」と話しかけたこと。

　千愛は私にたくさんの幸せをくれたけど、私は千愛にどれだけの幸せをあげられたのか。
　陣痛からお産までスムーズに行って、平吹先生にめぐり合えて、産後も順調に回復してて…。すべてが千愛の力に思えて仕方ない。
　私は７ヶ月の千愛を救えなかった。母親失格だけど、いつか千愛が許してくれる日が来ればいいな。
　しばらくは千愛と広治と３人で悲しみにひたりながら生活していこうと思う。
　ゆっくりゆっくり時間をかけてみよう。千愛と７ヶ月過ごしたのに、１〜２週間で整理できるはずがない。

　広治は父親として立派にすべてをこなした。私が泣いている間に、葬儀、火葬…すべてが終わっていた。自分の子どもの葬儀・火葬の手配をする広治の気持ちは、どんな思いだったんだろう。広治がいなければ、私は本当に死んでいたと思う。

広治を見ると、千愛を思い出して悲しくなる時も多いけど、現実を受け止めようとしている彼は、やっぱり父親なんだと思う。

　広治は私にはない考え方で、千愛のことを受け入れようとしていた。
　千愛が天使になったことを、あまり話さないし、泣くわけでもない。「千愛がいなくてさびしくないの？」と聞く私に、「千愛はずっとそばにいる。これは俺たち3人の思い出なんだ」と言った。
　広治は千愛にとって、すばらしいパパだと思う。よけいに千愛を産んであげられなかった自分が情けない。どんなに優しい、いいパパになったか想像がつくから…。千愛にも広治にもさびしい思いをさせてしまった自分が情けない。

　千愛はまだ私のそばにいるのかな？
　もういっぱいいっぱいがんばったんだから、私や広治の心配をしなくていいんだよ。私たちは時間がくれば立ち直れるから。
　千愛に会えなくてさびしいけど、ずっと千愛のパパとママなんだよ。
　千愛に伝わるといいな。どれだけ千愛が大切で、千愛を亡くして本当にさびしいんだよってことが…。

●4月20日

　千愛に会いたくて、死にそうになる。
　7ヶ月しか生きられなかった千愛…。私が仕事で悩んでいた時、「妊娠しなきゃよかった」って思った時、千愛はどんな気持ちでいたんだろう。
　笑ってるより、泣いてることの方が多かった妊娠生活…。もっともっと楽しめば、千愛は助かったのかな。私のストレスが、千愛のストレスになってしまったの？
　千愛のことはずっとずっと忘れないけど、他の人はどうなんだろう。
　広治が時々私をあきれた顔で見てる気がする。
　いつまでも泣いている私をうっとうしく思っているのかもしれない。私のせいで千愛を亡くしたと思っているのかもしれない。

　午後、広治の友だちから電話がある。千愛と同級生になるはずの子を妊娠中の奥さんがいる。
　幸せいっぱいと不幸のどん底。
　もう、放っておいて欲しい。広治は笑って対応していたけど、私の前でそういう電話には出ないで欲しい。
　自分で感情がコントロールできなくなる。

● **4月23日**

　こども医療センターの診察日。

　午後2時からの診察を待っている間、4月8日のことを思い出した。あの時は千愛が生きていたのに…と思ってしまった。

　診察室に入ると平吹先生と萩原先生がいて、話をしてくれた。退院後の経過は良好らしい。

・胎児水腫（たいじすいしゅ）の原因は、今の段階では分からない。
・私の方の血液検査の結果は、ウイルスには感染していなかった。
・千愛の心臓も大丈夫だった。
・ダウン症（羊水（ようすい）検査）については、大学病院からまだ結果を知らせて来ていない。
・出産後の血圧の上昇は予想していなかった。隠れていた妊娠中毒症のせいか、陣痛促進剤（じんつうそくしんざい）を使ったためか原因は分からない。陣痛促進剤でも血圧が上昇する人がいる。
・血液検査をして妊娠中毒症になりやすい体質かどうかを調べる。血液を8cc採（と）った。
・もし妊娠中毒症になりやすいと診断されたら、次の妊娠になるまで薬を服用して、血管をつまらせないように治療する。血管がつまってしまうと血液を送ろうと腎臓がんばる。腎臓が疲れるとむくみ（浮腫（ふしゅ））になる。

・胎児が小さめなのに対して胎盤が大きくなっていた。胎盤にうまく血液が流れなかったからかもしれない。
・妊娠中毒症の胎児は比較的小さい。しかし妊娠中毒症が胎児水腫につながるわけではない。
・胎児水腫は妊娠中に気をつけようとしても無理だったとのこと。

　萩原先生は「今の段階では原因については『〇〇かも』っていう言い方でしか説明できない。聞きたいことは納得のいくまで聞いていいよ」と言ってくれた。
　平吹先生は「浮腫(むくみ)と血圧の上昇は絶対治るって言ったでしょ」と笑って「心も体も半年から1年くらいは休ませて次のこと(妊娠)を考えようね」と言った。

　千愛を解剖しても100%原因が分かるわけではないようだ。
　平吹先生はいつまで私のことを診てくれるんだろう…。今日も「ぼくはあんまりすることないんだけど…」と言っていた。
　次に診察した後から千愛の検査結果が出るまでは、もう受診はないのかもしれない。

6ヶ月後は10月10日だ。
入院中お世話になった保健婦さんとナースの長谷川さんが外来まで来てくれたとのこと。長谷川さんには会えなかった。

● 4月24日
宇井からハガキが来た。あの子は悪くない。私が千愛のことを連絡してないんだから。でも、ああいうハガキはなるべく見たくない。
千愛が生まれてこれなかったこと、他の家の子はちゃんと育っていることに耐えられなかった。
これからいつまでこんな思いをするんだろう。
私はそれに耐えることができるのか。
苦しさと罪悪感で押しつぶされそうになってしまう。

● 4月25日
義母から電話がある。
義母はいつも「千愛が悪いものをすべて持って行ってくれた」と話す。
私は言われるたび、私の責任だと思ってしまう。
うちの母も「妊娠中毒症のせいで千愛がむくんだ」と話す。
じゃあ、私はいったいどうすればよかったわけ？

毎月毎月検診にもちゃんと行って、そのたびに「大丈夫」と言われていたのに。
「千愛が何かを教えてくれた」なんて分かってる。千愛が「いい子」なのも分かってる。でも、今の私には千愛の死を悲しむことしかできない。
　千愛を産んで14日しかたっていないのにもびっくりする。
　千愛の祭壇にミルクをつくってあげるたび、なんで千愛はいないんだろうと思う気持ちなんて、誰にも分からない。
　だって私は確実に千愛を産んだのに、産んだ子がいないんだから。

　私に無理ばかり言うまわりに疲れてしまった。
　広治の友だちの結婚式もある。その日、私はふつうの精神状態でいられるのか。今から半分ノイローゼになりそうな気分。
　私は広治みたいに強くないから、妊婦を見ても苦しくなるし、人の幸せなんて喜べない。
　私は小さい子がいる人と接するなんて絶対に絶対にできない。それができる広治は千愛を忘れているだけのこと。広治はそんな人とも仲良くしろ、お前の勝手だという。その言葉が頭に残っていてパンクしそうになる。もう疲れた。

千愛のところに行きたい。

●4月26日

やっぱり妊娠中毒症だったのかもしれないな…と思う。インターネットで調べたら、症状がよく似ている。体重増加で妊娠中毒症と判断するみたい。

今日はなぜか1日中ブルーだ。あんまり眠れていないせいかも…。千愛を思って涙が出そうになることもたびたび。何だか日に日に精神面がダウンしていくような感じ。

広治の実家に行く。話の途中でパニックになった。何で私が…という思いと、千愛に会いたい…その間の義母や広治の話は覚えていない。とっても疲れた1日だった。食欲もないし、胸さわぎに似た気持ちの悪さ。体調も悪いのかな。

●4月28日

昨日、さとが来てくれた。お花を持って…。私が話す内容を涙目になりながら静かに聞いてくれた。帰った後、さびしくてさびしくておかしくなりそうだった。それはさとが帰ったさびしさじゃない。やっぱり千愛がいないさびしさだ。

日に日に自分の精神状態がおかしくなっているのを感じる。すべてが分からなくなる。

私なんて意味のない人間なんだから、この世にいる必要もないかも…。
　まだ友だちと会うのは早いんだ。とことんどん底まで自分を落とさないと、這い上がれないのかもしれない。すごく苦しい。どうしたらいいんだろう。
　生きるのに疲れてしまった。悲しむのも、元気なフリをするのも限界だ。

●4月29日
　千愛は今ごろ何をしているんだろう。4日から今までの記憶が切れ切れに頭に浮かぶ。
　ラミナリアを入れた日の部屋。
　広治と千愛と3人で寝た最後の夜。あの部屋がよく浮かぶ。
　さびしいね。千愛はもっとさびしいのかな。
　私より千愛の方が苦しかったんだもんね。私の苦しみなんて、千愛にくらべればたいしたことないんだよね。このままノイローゼになって、すべて分からなくなっちゃえば楽なのに。
　もう私を必要としてくれる人なんて誰もいない。

●4月30日
　昨夜から胸が張って痛い。パンパンになって血管が浮き出ている。母乳を飲む子がいないのに、パ

ンパンになるなんて虚(むな)しい話。

　自分が何のために存在しているのか分からなくなる。息をしていない千愛を産むのも大変だったけど、母乳で胸が張るなんて…、頭がおかしくなる。

　8時30分になるのを待って、こども医療センターに電話する。午後2時に平吹先生が診(み)てくれるとのこと。長谷川さんからも連絡があり、2時に外来に来てくれることになった。

　長谷川さんは「いろいろと後悔すると思うけれど、あの時こうしてれば…ってことは100％ない。誰にでも起こる可能性があって、たまたま自分たちだったと思って」と言っていた。その「たまたま」がなぜ私なのよ！って思った。

　千愛…誰なんだろう。あっという間にいなくなっちゃって、どこにいるんだろう。頭の中がメチャクチャになってる。

● 5月1日
　昨日から母乳が出るようになった。なんて情(なさ)けない話なんだろう。
　まわりの人間は私を追いつめるだけ。
　母が「○○さんが妊娠した。9月に生まれる。予定外だったんだって！」と笑って言う。私が手紙に

妊婦を見るのもつらいと書いたのに。
「お酒は希は授乳中だからダメだって」と言う。
　授乳したくても、私には千愛がいない。授乳できないから薬で止めてる私に「授乳」と言う。
　昨日から胸が張ってるのがどれだけみじめで虚しいか。その話をしても何も言わない広治とは、もう一緒にいたくない。千愛のところに行きたい。

●5月3日
　このところ出血が多く、鮮血になってきている。そのせいでフラフラするのかもしれない。千愛のところに行きたいって言ってたから、迎えに来てくれたのかな…。これで死んでしまうような気もする。
　今日、職場の同僚に電話した。一大決心して千愛のことも話した。すごく疲れた。職場に復帰するために電話したのか、自分でも分からない。
　死にたいって思っていたくせに、この具合の悪さに怖くなってしまう自分がいる。夜中に母乳が出たことも関係してるのかな…ホルモンの調整ができずにいるのかもしれない。
　広治は結婚式に出て9時になっても帰ってこない。いろいろ耐えてきたけど、もういいや。私は1人。死ぬのも1人でいいし、具合が悪いのも1人でいい。そのくせ、広治の制服とか洗濯してないと気になる。

●5月4日
　夜になってから、だんだん気分がダウンしてくる。家のまわりから子どもの声がするのが耐えられない。気が狂いそうになってパソコンをする。
　イヤだけど、あの日にもどりたい。千愛をもう一度抱っこしたい。
　千愛…会いたいよ。

●5月6日
　朝から気分がすぐれず。買い物に行っても、妊婦や子どもの泣く声ばかり…もう、わけが分からなくなって帰る。悲しすぎて、情けなくなる。自分にとって何が大切なのかも、今じゃ分からない。
　今日は頭がガンガンする。千愛は何をしているんだろう。会いたいね…。
　宇井、由佳ちゃんに報告する。宇井は自分のことのように泣いてくれた。由佳ちゃんも、いっぱい励ましてくれた。千愛のこと話せる人がいるんだね。私は1人だと思っていたけど、たくさんいる。
　広治が言っていた。「一緒に泣いてくれる人がいれば本当に幸せだと思う」って。だから私は幸せなんだね。悲しくてさびしいけど、だんだん現実を受け止めようとしてるのかな。

『誕生死』のホームページで知り合った、菜っちゃんのママからメールが入る。天使になった菜っちゃんを最後に診てもらったのは私と同じ大学病院だったとのこと。資料を読むと、すごくいいケアをしてくれたと書いてあった。

大学病院での出来事がよみがえってしまった。

千愛がいないことや、精神的につらいこと…胸さわぎに似た気分の悪さ。

明日はこども医療センターの受診日ということもあって何か落ちつかない。頭の整理ができなくてパンクしそうになる。

●5月7日

午後1時30分の受診のはずが、診察が始まったのは2時30分すぎだった。それまで長谷川さんが来て、話をしてくれた。

やっぱり医療センターに行くのはつらかった。だんだん話していくうちに落ちついていったけど。

◎平吹先生（産科）から聞いた話
・5月2日〜5日までの出血は生理の可能性が高い。今後は普通の生活をしていい。
・大学病院での検査の結果が届いた。ダウン症、羊水の検査は異常なし。血液のウイルスの検査では

目立った異常はない。→21日に再検査。
・千愛を見る限り、妊娠2ヶ月目で何らかのウイルスに感染した可能性が高い。私から感染した可能性もある。ウイルスは大人には反応しなくても子どもに反応する場合もある。
・風邪のようなものでもウイルスと呼ぶ。ウイルスの感染は防ごうとしても防げたものではない。

◎萩原先生（内科）から聞いた話
・前回の尿検査の結果では腎臓の機能が悪い。将来、透析(とうせき)になる危険もあるから、きちんと治(なお)した方がいい。水分、塩分に注意すること。→21日に再検査。
・湿疹(しっしん)は薬によるものかもしれない。精神的なことが解決すれば治ることもある。必ず治るから大丈夫と言われた。

　大学病院でのことをくわしく聞く。羊水(ようすい)検査については平吹先生でも染色体の検査はするが、羊水が少ない時点で生理食塩水を足したりはしない。赤ちゃんに直接針をさす方法にする。羊水が少ないのは超音波ですぐ分かるはずとのこと。
　4月8日の受診の時点で、胎児(たいじ)が助からないということは分かった。でも、次の妊娠に備えてデータを残せるように努力はした。羊水は少なかったので

「羊水過少症」と呼んでもいいだろうとのこと。

●5月10日

　千愛を産んで1ヶ月。広治との関係は最悪になっている。顔も見たくないし、話もしたくない。一緒にいるのが耐えられない。
　千愛に対しての愛情が感じられない。千愛のために花を買ったことがある？　納骨するのもさびしそうじゃない。あの人にとって、千愛はどんな存在なのか。千愛も私も必要ないんだ。
　『誕生死』のホームページにも書いてあった。夫婦の関係がおかしくなる家も多いと…。
　千愛に会いたい。
　千愛は近くにいるはず…。元気に遊んでいるかな。早く会いたいね。

●5月12日

　昨日から今日にかけては精神的にどん底だった。やっぱり千愛のことを考えるとつらい。妊娠中の後悔は尽きることがない。
　千愛がいて、本当に本当に幸せだったのに…。
　千愛のせいでもないのに全部千愛のせいにしてた。犬とか飼ったって千愛のことを忘れられるわけないし、よけいにさびしくなるだろう。

●5月20日
　今日はうれしいことがあった。義母(はは)からの電話。千愛が夢に出てきて、話をしたという。
「私、困るの。私、困るの。パパとママが悲しそうで、私、困るの…」
　生まれた時と同じ顔で話している夢…。

　千愛が私たちのすぐ近くで見守っていてくれているような気持ちになれて、すごくうれしかった。
　千愛の魂(たましい)はちゃんと生きているんだ…と思えた。
　私の夢には一度も出てきてくれないけど、おばあちゃんの所に行って、相談したんだね。
　どこまでも、親孝行(おやこうこう)な千愛。よけいに可愛さが増してきた。パパに話したら、うれしそうに笑っていたよ。私もうれしかった。
　千愛に心配かけないためにも、少しずつ元気にならないとね。
　お空で遊べなくなっちゃうもんね。
　本当におりこうさんだ。
　パパの性格に似て、心の優しい子に生まれたのね。パパも喜んでいるよ。

　パパとママは元気だから、大丈夫。

まだ千愛が天使になったさびしさに慣れないだけ…。いつでも千愛のことを思っているからね。

千愛の四十九日(しじゅうくにち)を無事に迎えることができた。
この四十九日間までのは長かったようで、あっという間だった。
今は前のように悲しくて悲しくて仕方がないという感情があまりない。千愛はいつでもそばにいるような気がしている。
千愛が私たちにいろいろなものを残してくれたことが、最近分かるようになった。千愛が生きた7ヶ月を無駄にしてはいけないんだということをしみじみ感じる。
千愛が残したものを無駄にしないためには、どうしたらいいのかを考えた。
やっぱり、私たちが元気に過ごすことが一番いいんじゃないかと思う。元気に暮らして、つねに笑顔でいられれば千愛も天国で安心して遊べるだろう。

広治と千愛の話を笑ってできるようになった。4月の私では考えられないことのように思う。
あの時の私は、すべて否定的で、何ごとにも「やる気」が起きなかった。ただただ千愛を失ったこと

を悔やんで泣いてばかりだった。

　私がここまで回復できたのも、千愛のパワーだと思う。

　千愛が会わせてくれたママ友だちもいっぱいできた。

　同じ思いを経験した人たちだから、気持ちも分かる。そんな人たちに支えられながら、千愛への思いが今までと違うところにたどり着いた。

　元気になったからといって、千愛のことを忘れたわけではない。

　千愛のことを広治と３人の思い出として受け止めることができただけ…。千愛を大事に思う気持ちには何の変わりもない。これから広治と２人で、もっともっと千愛を可愛がりたいと思う。

●5月21日

　こども医療センター受診。ナースの長谷川さんが外来に来てくれる。萩原先生が休みとかで、平吹先生が精神安定剤を出してくれた。

　先生から、アンケートを頼まれて提出した。妊娠期間中の私の生活を書くもの…。

　血液検査をする。結果が出るのは６月４日になるらしい。

こども医療センターに行くたびに、いろいろな障害を持った子に会う。みんながんばって生きている。付き添いで来ている親もみんながんばっている。
　今思うと、ダウン症でも、どんな障害があっても、千愛には生きていて欲しかった。

●6月1日
　今日は会社が介護を託(たく)されているお年寄りのお通夜(や)だった。
　私の担当なのに一度もお世話をすることができなかった。お通夜に行って遺影(いえい)を見たとたん、正直、千愛のことを思った。息子さんの今の気持ちが痛いほどよく分かった。
　私がこども医療センターの人に親切にしてもらったことを思い出した。何でもいいから力になりたいと思えた。ご家族に早く元気になって欲しいと思った。
　人は亡くなっても、天国で楽しく過ごせるんだよ。天国はとってもいい所で、つらさとか、悲しみとか感じなくてすむところ。だから、天国に帰ることができて幸せなんだよ…って。
　遺影に向かって「千愛をよろしくね」ってお願いした。千愛には「おばあちゃんに可愛がってもらいなね」って。

千愛は天国でたくさんのお友だち、たくさんの大人の人に可愛がってもらえて喜んでいるはず…。
　千愛の死も、おばあちゃんの死も意味のあることなんだよね。
　千愛の死から２ヶ月しかたっていないのに、こんなことを冷静に思う私ってどこかおかしいのかな。
　千愛のパワーなんだと思うけど…。

　千愛の納骨（のうこつ）の日程が決まった。今は冷静でいられるけど、当日・前日はどうなってしまうんだろう…。
　納骨しても、千愛は家にもいるし、会社にもいる。私と広治の中にもいるから、さびしくないはず…。
　天国で千愛も心配してるんだろうな。大丈夫！ママは強いから！　って笑顔で納骨をすませたいな。

●６月４日
　こども医療センター受診。産科の平吹先生と、内科の萩原先生に話を聞く。
・産科的には卒業でいいとのこと。
・母性内科としては前回の腎臓の検査結果は100点中60点。健康な人が100以上ある数値が私の場合60しかないという。前々回は30だったから少しずつは良くなっているだろう…とのこと。
　次回、８月６日に24時間蓄尿（ちくにょう）検査の結果を見て、

今後の診察を決めるとのこと。
　仕事復帰は問題ないとのこと。
　生理、5月27日〜6月3日まで。

●6月6日
　千愛の納骨を明後日(あさって)に控えているのに、あの人は飲みに行って、帰って来たのは朝の4時だった。
　私のことが心配なんて口だけ。千愛が大切なんて思っていない。自分のことしか考えていないのがよく分かる。だいたい、私が心配なら、こんな朝まで飲んでいるわけがない。
　帰って来て、千愛にお線香(せんこう)あげるわけでもない。しかも指輪もして行かない。すごくイライラする。

●6月7日
　明日は千愛の納骨。とうとうその日が来てしまった。もう逃げることはできない。ちゃんと見届けてあげないと。
　こんなにもさびしくなるなんて、思っていなかった。
　千愛の妊娠の頃からの思い出が、一気によみがえって頭の中がいっぱいになる。千愛を納骨しても、千愛の魂はこの家にあるのかな？
　いつでも私たちの近くにいてくれるのかな…。

まわりは冷静に千愛の納骨を決めていく。納骨する、ということが大きな試練にもなっていない。千愛と離れたくないと思っているのは私だけなんだろうな。
　こんなに精神状態が狂うなんて、想像もしてなかった。
　千愛に会いたい。もう泣かないって決めたのに、昨日から涙ばっかり出てくる。
　お骨がなくなるのって、こんなにつらいんだね。
　千愛がもう存在しないような気持ちにさえなる。

　千愛が天使になってもう２ヶ月が過ぎたなんて、考えられない。あの頃の私は、こんな日がくるなんて想像もしていなかった。
　夢なら覚めて欲しい…と思う毎日から、夢じゃないんだ…と理解するまでいろんな気持ちの葛藤があった。
　今は天国で遊んでいる千愛を思って、優しくなれたような気持ちになる。

　千愛のことを広治と笑って話せる時間も増えた。
　それは千愛のお骨が家にあったからなのか？
　千愛のこと、千愛のがんばりを私が認めたからじゃないの？

納骨したあと、自分がどんなふうになるのか分からない。
　こんな気持ちで前に進むことができるんだろうか？

　千愛は私の大事な大事な天使であることには何も変わらないはず。
　千愛にとって一番いい方法をとってあげたい。
　納骨することは、ホントに千愛にとって良いことなんだろうか。
　もし千愛が納骨して欲しくない…ママと一緒にいたいって思っていたらどうしよう…。
　離れたくないから、いろんな考えが浮かんでしまう。情けないなぁ…。
　今は、強くて優しいママからずいぶん離れてしまっている。3日後に仕事に行けるのか…。

　納骨の日を決めたのも私だし、仕事復帰前に納骨してあげないと心配だとも思った。
　これが千愛のママとしての最後の仕事だ。
　出産・火葬…ちゃんとできたんだから、納骨もできるはず。笑って納骨してあげたい。
　いつでも一緒だからって。
　精一杯がんばろう。千愛、ちゃんと見ててね。

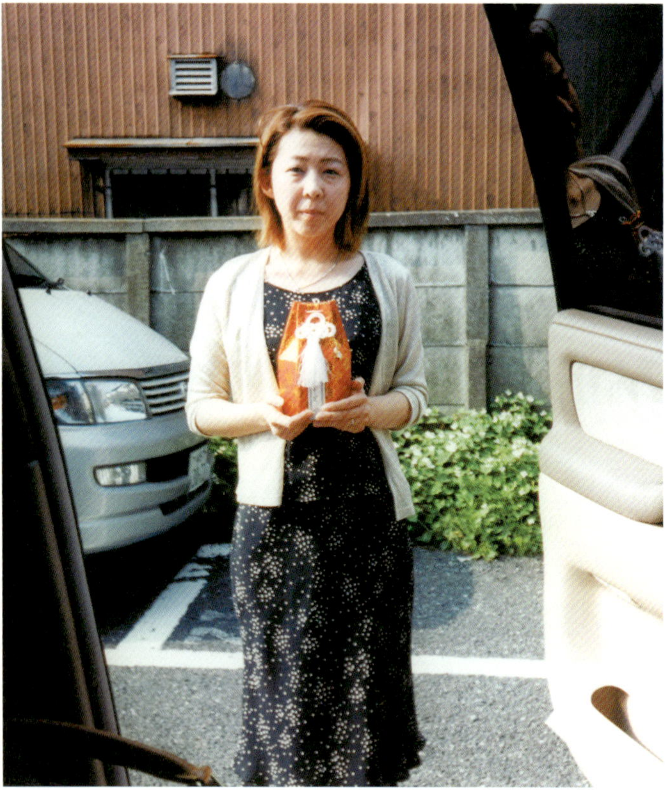

納骨の日の朝。

●6月8日（納骨）

　8時、石渡の実家で集合となる。昨日の天気予報ではくもりだったのに、陽も出て穏やかな天気になった。広治の車で行くことになった。火葬の時が初めてのドライブで、最後のドライブが納骨なんておかしな話だ。

　行きの車の中ではだいぶ気持ちも落ちついていたから、泣くことはなかった。戸越のインターから高速に乗って、常磐道に入る。途中、サービスエリアでそばを食べる。千愛のおもちゃを買おうと思ったけど、何も売ってなかった。

　共同墓地について供養をした。

　10時30分から供養が始まる。お経をあげてもらっている間、涙が止まらなくなってきた。

　千愛の小さな骨壺が前にあって、それを見るたびに千愛との思い出がよみがえり、「何で私はここにいるんだろう…」と思った。

　千愛の他にも小さな骨壺が1つあった。お友だちがいてよかったね…と思ったけど、千愛を手放すことが本当に正しい結論なのか分からなかった。

　30分ほどで供養が終わり、千愛の名前を墓石に彫ってもらう手続きをする。

　「石渡　千愛　平成15年4月10日　当歳」と書き

込まれるとのこと。
　戸籍に載らない子だから、石渡家水子…になり、カッコつきで（千愛）と紙に書いての供養だったから、墓石に彫ってもらえると知ってうれしかった。

　お墓について千愛を納骨した。2段のカロート（納骨室）になっていて、1段目におじいちゃんが入っている。その上に千愛の骨壷を入れてあげた。
　ウサギの人形と広治の携帯電話、そして指輪と天使のキーホルダーを入れた。写真もいっぱい撮った。千愛との思い出がまた増えた。

　石をかぶせてフタをする時には気が狂いそうになった。千愛と何回お別れをすればいいんだろう…と思った。
　フタをして、上からお水をいっぱいかけてあげた。
　お隣のお墓にも「千愛をよろしくお願いします」と手を合わさせてもらった。
　近所のお墓に千愛と同じ『当歳』の男の子の入っているお墓があった。
　広治はお水をわざわざ汲みに行って、その子のお墓にもお水をかけていた。千愛を思う親心なんだろう。とってもうれしくなった。

上が千愛の小さな骨壺。下はおじいちゃんの骨壺。

お墓に一緒に入れたぬいぐるみ、手紙、お財布…。
天国で困らないように、お金とテレホンカード、広治の携帯も入れた。

「また来るね。」と言ってお墓を後にした。
　景色もいい所だし、静かできれいな場所だから、千愛も喜んでいるはず…とその時は思った。

　夜、寝ようとした時、広治が「千愛…まっ暗だろうなぁ…」と言った。
「そんなこと言わないで！」
　カロートの千愛の骨壷(こつつぼ)を思い出して涙が止まらずにとうとう大声で泣いてしまった。
　この家から離れて千愛は喜んでいるのか。暗くて怖(こわ)くて泣いているんじゃないか…。パパとママがなくてさびしがっているんじゃないか…。
　考えただけで心配で、すぐ飛んで行きたい気持ちになった。
　せめて…と思い、千愛のお家(うち)の部屋に行って、ろうそくに火をつけ、千愛のお家の前に座(すわ)ってみた。よけい、千愛が心配になって、今すぐに行ってあげたい気分になった。
　昨日はここにお骨があったのに…千愛は遠い所に行っちゃった…。心配で苦しくなった。
　納骨しても千愛はいつも私たちの近くにいると信じたくて、広治に何回も聞いた。
「千愛はこの家にいるよね？」
　広治も泣きながら「いるよ」と答えてくれた。

しばらく2人で泣いて、結局、千愛のそばで寝ようと隣の部屋から布団を持ってきた。手をつないで寝た。
「おじいちゃんがいるから平気だよ」と広治が言った。
「おじいちゃんは優しかった？」と聞くと「優しかったよ」と言ってくれた。
　夜中に何度も目が覚めた。
　そのたびに千愛にお線香をあげて、少し泣いた。

● 6月20日
　仕事に復帰して1週間がたとうとしている。何も分からないまま、あっという間に時間が過ぎてしまっている。
　不本意ながら、最近千愛を想う時間が極端に減ってしまった。千愛に対する愛情は何の変わりもないはずなのに、自分の仕事や気持ちに精一杯で、千愛を想う暇がなくなっている。
　妊娠期間中にも同じ思いを経験した。
　千愛を想えずにいたがために、千愛を失ってしまったのに、私はまた同じことをしようとしている。
　前に進めないといけないと思って復帰したのに、こんなにも忙しく、千愛を忘れて暮らすなんて。

今も月に一度、千愛に会いに行く。

今では千愛の部屋にお花を切らしてしまう始末だ。私は何度失敗しても成長しない人間なんだと思う。
　千愛を忘れるために仕事復帰したんじゃないのに。

　千愛はお空でさびしい思いをしているかもしれない。
　産休中は千愛のことだけを想って生活していた。毎日お花の水を取り替えて「ねぇ、ちーちゃん」って毎日話しかけていたのにね。突然ママに思われなくなってしまったんだもんね。
　千愛のことは何より大切なのに…。

　天使ママは存在しない子どもに愛をそそぐ。心の中で想うことで、その子の存在を確認する。
　本当は抱っこもしたいし、我が子の成長をいつまでも見届けたい。それができないのが最近は悲しくてしかたがない。
　菜っちゃんのママは「自然の中に千愛はいる」って言ってたけど、その自然を見る余裕もない私は、千愛と向き合っていないんじゃないかなと思う。
　こんなママで千愛は泣いているかも。

●6月23日
復帰後初めての夜勤（やきん）も無事終わった。

夜勤中、1人のお年寄りが私を幸せにしてくれた。「私でいいかな？　他の人呼ぼうか？」と聞く私に「大丈夫。ちーちゃんのママだもん」と言ってくれた。
　ふだんあまり上手に話せなくて、言語のリハビリに通っている彼からの言葉が心底うれしかった。
　ちーちゃんのママとして扱ってくれる人もいるんだ…と涙が出そうになった。
　彼の中でも確実に千愛が存在しているんだ！　と確信した瞬間だった。

　最近、大事なものが何なのか自分でよく分からずにいる。千愛が大切なのは当然だけど、今、守るべきものが何なのか分からない。
　私の中で7ヶ月生きた千愛。7ヶ月一緒にいたのに、今は千愛のいない生活に慣れてしまっている自分がいる。千愛を忘れてしまう時間がある。
　千愛は泣いているかもしれない。声にならなくて聞こえないけど、天国で泣いているのかもしれない。

　千愛の愛を信じずに、私は自分のことを守ってきた。広治の愛を信じずに、悲しい思いをさせてきた。これからは、大切なものを見失うことのないようにきちんと生きようと思う。
　千愛を天国に待たせている以上、私の人生はすば

らしいものにしなくちゃ。

　千愛に来月の6日に会いに行くことになった。
　すごく楽しみ！

● 7月12日
　千愛の3回目の月命日(つきめいにち)が過ぎた。
　先月よりも鮮明(せんめい)に千愛のことを思い出す。
　千愛を失ったことは、今でもさびしくてさびしくて仕方がない。
　でも千愛を近くに感じる気持ちもある。
　日がたつにつれて千愛に対する悲しみも消えていってしまう…。消えるんではなくて、薄れていくんだろう。それは仕方のないことで、「悲しんだ」という事実を忘れないでいればいいんだと言ってくれた人がいる。確かに悲しんだということは絶対に忘れられないことだろうと思う。

　千愛を可愛いと思えば思うほど、千愛のいない毎日に涙を流していたけど、やっと悲しみのない場所にたどりついたんだから。それでいいや。
　さびしさはあっても、悲しみはない。
　千愛のことも広治のことも大切にしていこう。

● **7月20日**

　今日は佐々木の家族が千愛のお墓参りにいってくれた。

　昨日から、各親戚に自分の口で千愛のことを報告している。みんなの頭の中に「石渡広治の長女」として千愛が誕生したことが残ってくれれば、こんなにうれしいことはない。

　千愛のことを話して泣いてくれる人もいた。広治の従姉(いとこ)にあたる人。静かな口調だったけど、とっても心に残るうれしいことを言ってくれた。
　今までもそうだが、まわりの人の何気ない言葉で、傷ついたり慰(なぐさ)められたりした。言葉って本当に難しい手段だと思う。
　千愛のことを説明するのにも「可愛い」や「大事」なんて言葉じゃ伝えきれない。私が思っていることの半分も伝わっていないような気がする。

　最近、広治との関係が家族よりも大きな存在に変わってきたように思う。千愛のパパとママには変わらないんだけど、それ以上の絆(きずな)が生まれた気がする。
　千愛がお空から見守っていてくれてるんだなってとっても強く感じる。

もしかしたら泣いてしまうかもしれないけど。
　もう自分の感情をごまかして生きるのにも疲れてきたから、泣きたい時には思う存分泣いてもいいや…って思う。

●11月6日（慰霊式）
　神奈県立こども医療センターにて。
　午後4時からの開始なのに、広治の仕事の都合で5分前に着いた。センターの駐車湯は満車で、坂の下の住宅街まで長蛇(ちょうだ)の列だった。
　並んでいる車を無視して、正面玄関の警備員さんに「どうしても慰霊式に参加したい」とお願いして、待っている人には申しわけないけど、横入りをさせてもらった。

　あまり広くない講堂にたくさんの遺族とセンターの職員がいた。私たちが着いた時にはセンター長さんが挨拶をしていた。
　遺族(いぞく)の人たちの、すすり泣く声が聞こえてきて、みんながどれだけつらい思いをしてきたのかを痛いくらい感じた。
　不思議なことに最初は全く涙が出なかった。式の後半にセンターの職員からの献花(けんか)があった。その中に、千愛を取り上げてくれて、今も私の主治医であ

る平吹先生の姿を見たとたん、涙が止まらなくなった。

外来で毎月1、2回お会いしている平吹先生が、忙しい中、慰霊式に参列してくださったことに、改めて感謝の気持ちでいっぱいになった。

きっと千愛も近くにいて、私の気持ちを感じてくれているんだろうなあと思った。

最後に母性病棟の婦長さんが「大丈夫?」と声をかけてきてくれた。私の元上司の寮母長に似ている雰囲気をもっている人で、落ちついた対応をいつもしてくれていた。

帰りの車の中では、涙もすっかり消えて、とっても温かい気持ちになっている自分にうれしくなった。

こういう形で千愛との思い出が増えていくんだろうなあと思った。

千愛が命をかけて教えてくれたことを忘れずに生きていきたい。

命の尊さ、今こうしていることのありがたさを忘れずに、強くて優しい人間になることが千愛に対して、私ができる唯一の供養だと思う。

千愛への手紙

千愛へ
6月7日

明日、千愛のお骨とお別れです。
千愛と何回お別れすればいいのかな。
千愛はもう天国についたの？
ちゃんとお友だちできて遊んでる？
ママは心配で心配でしかたありません。
できるのなら、今すぐに近くに行ってあげたい。
さびしい思いはしてないかな？

千愛は納骨(のうこつ)してもいい？
またさびしい思いをしてしまうのかな。
千愛が「ここにいたいよ、ママと離れたくないよ…」
と泣いてる気がしてしかたない。
納骨しても千愛は近くにいるよね？
大丈夫だよね？
お願いだからママの近くにいてね。

千愛へ
6月9日

ちーちゃん、そちらの住み心地はどうですか？
おじいちゃんに可愛がってもらってるかな？
パパのおじいちゃんだから、パパにそっくりなちーちゃんのこと大事にしてくれるよ。
だからおりこうにしてるんだよ。

パパとママはきのうの夜、ちーちゃんが心配で眠れなかったよ。
パパたちと離れて泣いてるんじゃないかとか、暗くてこわい思いしてないか…とか考えて、ちーちゃんが悲しい思いをしてたらどうしよう…って２人で泣きながら話をしたんだよ。

パパが泣くなんてママもびっくりだった。
「暗いとこで千愛、平気かな？」って最初にパパが言ったんだよ。
パパはちーちゃんが可愛くてしかたがないんだね。
ママはパパが「千愛」って呼ぶのがとっても好き。
「千愛ちゃん」でも「ちーちゃん」でもなく「千愛」って呼ぶのがうれしい。

ちーちゃんがこの家にいなくなってしまって、何だか家の中がさびしく感じる。でも昨日パパは「千愛はこの家にいるよ」と言ってくれたから、パパの言葉を信じようと思うよ。

ちーちゃんが今いるところは、とってもいい場所だけど、ちーちゃんの2番目の居場所はパパとママのお家にしてね。
パパとママはいつでもちーちゃんを思ってるし、大事にしてるんだからずーっとそのことだけは忘れちゃダメだからね。

☆   ☆

あの子

神様があの子にプレゼントをくれた。
可愛い可愛い天使の羽。
それは幸せと自由の形。
行きたい所に行けて居たい所にいられる。

あの子は天使になる約束をして
私のお腹に誕生した。
初めから決まっていたことみたい。
私はそんなことも知らずに、
あの子の誕生を待ちわびて、
あの子が使命を果たした時には死ぬほど泣いた。
パパ・ママ、さびしいよ…と
あの子が泣いているようで
私まで天使の仲間になろうとさえした。

でも今は見える。
私の周りを天使の羽をつけたあの子が飛んでいる。
私が楽しいと、あの子も笑っている。
私が悲しいと、あの子も泣いている。
「ママ！　パパ！」っていつも一緒にいる。
これからも一緒に生きていくんだね。
こんな関係もいいのかもしれないよね。
他の人には経験できない私たちだけの幸せの形。

☆   ☆

千愛へ

千愛を亡くして、ママは世界で一番の宝物を失った
ことに気づいたの。
千愛がお腹にいる間、ママは自分の生活に精一杯で、
仕事にかまけて千愛を犠牲にしていたね。
ママが妊娠しなきゃよかったって思った時、
お腹の中でどう思った?
さびしくて、悲しかったよね。今ママが感じている
のと同じ思いをしていたよね。ごめんね。

ママは千愛がお腹にいた時間、
生きていた中で一番幸せだった。
何をしても守りたいと思ったよ。
毎日毎日、つわりで苦しかった時も、
千愛に会えると思って乗り切ることができたの。

ママが妊娠なんて…って思ってしまったから
千愛は天使になってしまったの?
どんな病気になっていたとしても、
千愛を守るのはママだったのに
ママは何もできずにいた。
何回ママに「助けて!」ってサイン出した?
千愛はママの子で幸せだった?
こんなママだから天使になっちゃったの?

教えて欲しい。
どうすれば千愛を助けることができたの？

もう一度でいいから千愛をお腹で育てたい。
すべてが夢であって欲しい。
もう絶対に千愛を悲しませないって
約束するから、帰ってきて。

千愛はいつから病気に気づいていたの？
会社でママがいじわるされていた時には
千愛も苦しかったの？ つらいよね。
ママがつらいんだから、
同じお腹にいる千愛もすごくつらかったよね。
ママはね、あれでも一生懸命やってたんだよ。
認めてもらえなかったけど、がんばったの、
がんばりが足りなかったかな…。

泣くと、いつも千愛がはげましてくれたよね。
たった一人の味方だったのに…。
千愛だけは何もかもわかってくれたのに…。
いつも勇気づけてくれたのに…。

ママは千愛に何もしてあげられなかった。
ママのこと嫌いになったから、天使になったの？
千愛、ごめんね。本当にごめんね。
ママ失格だよね。本当にごめんね。

千愛がいなくて、とってもさびしいよ。
遅すぎたけど、千愛はみんなに愛されてたんだよ。
千愛が生まれてこれなかったけど、
ちゃんとパパとママは千愛のこと思っているから、
安心してお空で遊んでね。
毎日毎日、千愛のことを想っているから。
忘れないから…。

いつまでも私たちは家族だからね。
パパとママの大事な大事な娘だから。

たくさんの思い出をありがとう。
優しい気持ちをありがとう。
助けてあげられなくてごめんね。

これからは千愛に恥ずかしくない人生を送ります。
千愛の分もがんばるからね。
お空で見守っていてね。
いつかまたパパとママの子として生まれてきてね。
その日をいつまでも待ってます。

大好きな千愛へ

● あとがき

　この本を出版するにあたり、初めて妻の書いた日記を読みました。5年たった今、あの当時妻はこう思っていたんだ、自分が思う以上につらかったんだと、日記を読んで当時を振り返りました。

　父と母、また男性と女性では子どもに対する気持ちや考え方、思いがかなり違うと思います。

　女性は自らのお腹で子どもを育てて出産する。

　当たり前ではあるが、父親以上に母親の子どもに対する気持ちには特別なものがあると思います。それをまた強く思いました。

　普通に生まれてくることが、どれだけ素晴らしいことか、奇跡と言ってもいいんじゃないかと思います。

　どんな形であれ、生まれてきてくれてありがとうという気持ちを忘れないでください。　　　　　　　　（広治）

　千愛は私たちの長女として生まれてきましたが、私たちの戸籍には載りません。

　千愛が誕生した証を、どんな形でも残したいと思っていました。今回、本を出すことで、千愛の生きた証、そして私たち家族の思い出が一つ増えたことに心から感謝したいと思います。

　千愛のことを知ってもらいたいと思いながらも、正直、写真を載せる点ではかなりの迷いがありました。

体ができあがっていない状態（妊娠7ヶ月）で生まれてきた千愛を、他の人が見たらどう思うのか。
「見たくなかった」と思われることは本当に不本意で、悲しいことです。それでも、私たちにとっては、可愛いわが子の写真です。唯一(ゆいいつ)の思い出の写真なので、すべてを残すことに決めました。
　千愛を授(さず)かり、千愛のおかげで本当の家族になった気がします。どれだけ多くのことを教えてくれたのか、それを忘れずに生きていきたいと思います。
　近くにいなくても、わが子は宝物です。千愛という可愛い宝物に出会えたことを、今はとても幸せに思います。生まれてきてくれて、本当にありがとう。　　　　　（希）

　神奈川県立こども医療センター産科の平吹知雄先生(当時)、母性内科の萩原聡子先生、看護師の長谷川愛さん、「天使のブティック」の泉山典子さん、友人、職場の人、親族…。私たちを支えてくださった方々に感謝します。
　本書は誕生死の番組の取材に際して広治の日記を読まれた吉岡智子さん（NHKのディレクター）のお勧(すす)めで、三省堂の阿部正子さんにまとめて頂くことになりました。

　千愛と私たちの3人の体験が、読者の皆様に、少しでもお役に立てたら、こんなうれしいことはありません。
　2008年3月

　　　　　　　　　　　　　　　石渡広治・石渡　希

著者●石渡広治(いしわたりこうじ)・石渡 希(いしわたりのぞみ)
2003年4月、共に25歳の時に長女の千愛(ちあい)を亡くす。
『誕生死』(02年4月)を読んで編集部に送った読者
カードが『誕生死・想』(05年12月)に掲載され、
それをきっかけに妻・希がテレビの取材を受ける
(NHK福祉ネットワーク『忘れられない小さな命』
06年11月放送)。04年に生まれた長男と3人暮し。

ちーちゃん
誕生死・10日間の思い出

2008年4月10日　第1刷発行

著　者	石渡広治・石渡　希
発行者	株式会社　三省堂　代表者　八幡統厚
発行所	株式会社　三省堂
	〒101-8371　東京都千代田区三崎町2丁目22番14号
	電話編集　(03)3230-9411　営業　(03)3230-9412
	振替口座　00160-5-54300
印刷所	三省堂印刷株式会社
ＤＴＰ	株式会社　メディット．
写真製版	株式会社　山森
カバー印刷	株式会社　あかね印刷工芸社

© K&N Ishiwatari 2008 Printed in Japan

落丁本・乱丁本はお取替えします〈誕生死ちーちゃん, 120頁〉
三省堂　http://www.sanseido.co.jp/　ISBN 978-4-385-36363-9

Ⓡ 本書を無断で複写複製(コピー)することは、著作権法上の例外を除き、禁じられています。本書をコピーされる場合は、事前に日本複写権センター(JRRC)の許諾を受けてください。http://www.jrrc.or.jp　eメール:info@jrrc.or.jp　電話:03-3401-2382

三省堂●いのちのことばシリーズ

アキ・ラー(カンボジア人)編著

アキラの地雷博物館とこどもたち

36208-7　B6変型判168P（カラー8P）

5歳でポル・ポトに両親を殺され少年兵として20歳まで戦ったアキラが戦争の悲惨さと地雷撲滅への願いを語る。2万個の地雷を掘り、アンコールワットの近くに地雷博物館を建て、地雷被害児を養護している現代のヒーロー、アキラの生き方に世界中の若者が共感！

日本ダウン症協会（JDS）編著

ようこそダウン症の赤ちゃん

35887-7　四六判256P（カラー8P）

産んでくれてありがとう、生まれてくれてありがとう。生きる幸せって百人百様！　ダウン症の人と暮らすのは楽しい。百家族が実名で書いた、忘れていた愛がいっぱいの家族ドラマ。明るい笑顔の写真がまぶしい。

全国ろう児をもつ親の会編著

ようこそろうの赤ちゃん

36219-X　四六判224P（カラー8P）

聞こえなくてもだいじょうぶ！　なんちゃって手話あり、それなり手話あり、聞こえない子を日本手話で育てている33家族の楽しい子育て本。写真も一杯。全部ふりがなつき。バイリンガルろう教育の実践記。

先天性四肢障害児父母の会編著

わたしの体ぜんぶだいすき

36139-8　四六判168P（カラー16P）

手がなくたって、足がなくたって、ぼくらはチャレンジャー！　生まれつき手足に障害をもつ子（12才以下）が書いた作文と元気一杯の写真。百人の子の正直なきもちがわかる本。みんなにパワーをあげる本。ふりがなつき。

先天性四肢障害児父母の会編著

これがぼくらの五体満足

35889-3　四六判264P（カラー16P）

「ぼくにとっては生まれた時の形が五体満足だと思っています」「必要なことはいじめに負けない強さではなくて、自分を好きになる心」生まれつき手足や耳などに障害をもつ3才から大人まで百人の私の元気のひ・み・つ。

流産・死産・新生児死で子をなくした親の会著

誕生死

36090-1　四六判240P

「がまんしなくていいの。思いっきり泣きなさい」出産前後に赤ちゃんを亡くした11家族が実名で語る小さな小さな命の物語。同じ体験をした読者から「一人ぼっちでないとわかって救われた。」と熱烈な反響。

流産・死産・新生児死で子をなくした親の会編

誕生死・想（おもい）
262通のハガキにつづられた誕生死

36091-X　四六変型判304P

好評の『誕生死』の第2弾。悲しいのは私だけじゃなかった！　誕生死の体験者の読者カードを実名・直筆（じきひつ）の温もりのまま公開する本。読者がみんなで作った、小さな命のアルバム。